KB092962

동물 농장

Animal Farm

동물 농장

조지 오웰

우진하 옮김

I

장원(莊園) 농장의 존스 씨는 밤이 되자 닭장 문을 잠갔지만 술에 완전히 취해 깜박하고 작은 쪽문은 닫지 않았다. 존스 씨는 둥근 불빛이 이리저리 춤을 추는 등잔을 손에 들고 비틀거리며 뜰을 가로질러 갔다. 그러고는 뒷문가에 장화를 벗어던져 놓고 부엌방에 있는 술통에서 마지막으로 맥주 한 잔을 더 따라 마시고 침대로 기어 올라갔다. 존스 부인은 곯아떨어진 지 오래되었다.

존스 부부 방의 불이 꺼지자 농장 건물 전체에서 웅성거리는 소리며 푸드덕거리는 소리가 들리기 시작했다. 가축 품평회에서 미들화이트 상을 받은 수퇘지 메이저 영감이 간밤에 이상야릇한 꿈을 꾸었는데, 다른 동물들에게 그 이야기를 들려주고

싫어 한다는 말이 그날 온종일 떠돌았기 때문이다. 그래서 동물들은 존스 씨가 별일 없이 자기 방으로 돌아가고 나면 큰 헛간에 다 같이 모이기로 미리 약속해두었다. 품평회 때는 윌링던 뷰티라는 이름을 달고 나갔지만 대개는 그저 메이저 영감이라 불리는 이 수퇘지는 농장에서 존경을 받고 있었기에 영감의 이야기를 들을 수 있다면 모두 한 시간쯤은 덜 자도 괜찮다고 생각했다.

메이저 영감은 이미 헛간의 한쪽 끝에 마련해놓은 높다란 단상 비슷한 곳의 짚더미 위에 편안히 앉아 있었다. 천장 대들보에 매달린 등불이 그의 머리를 비췄다. 돼지치고는 꽤 많은 나이인 열두 살로, 최근엔 살이 더 찌고 일종의 돼지 성인식인 송곳니 자르기를 한 번도 하지 않았지만 여전히 위풍당당하면서 현명하고 자애로운 모습이었다. 얼마 지나지 않아 다른 동물들도 하나둘씩 모여들더니 각자 나름대로 편안하게 자리 잡았다. 먼저 블루벨과 제시 그리고 핀처라는 개 세 마리가 왔고 그 다음 돼지들이 몰려오더니 단상 바로 앞에 깔린 짚더미에 앉았다. 암탉들은 창틀 위에 앉았고, 비둘기들은 퍼덕거리며 서까래 위로 날아올라 갔으며, 양과 암소들은 돼지들 뒤쪽에서 편한 자세로 되새김질을 시작했다. 짐마차를 끄는 말인 복서와 클로버는 혹시라도 짚단 속에 작은 동물이 파묻혀 있을지도 몰라 털 많은 커다란 발굽을 조심스레 움직이며 아주 천천히 걸어 들어왔다. 중년이 다 된 친절하고 뚱뚱한 암말 클로버는 새끼를 네 마리 낳은 뒤로는 예전의 날렵한 몸매로 돌아가지 못하고 있었다. 복서는 키만 180센티미터에 이르는 커다란 말로, 보통 말 두 마리에도 뒤지지 않을 정도로 힘이 장사였다. 코 위에 늘어져 있는 흰색 줄무늬 때문인지 어딘지 모르게 아둔해 보이기도 했는데, 실제로도 그렇게 똑똑한 말은 아니었다. 그렇지만 우직한 모습과 엄청난 힘 때문에 다들 복서를 존중해주었다. 복서와 클로버 다음에는 흰 염소 뮤리엘과 당나귀 벤저민이 들어왔다. 벤저민은 농장에서 나이도 가장 많고 성질도 가장 까다로웠다. 말수는 거의 없었지만 어쩌다 입을 열라치면 빈정거리기 일쑤였다. 예를 들어 하느님이 파리를 쫓으라고 꼬리를 내려주셨지만 자기는 차라리 파리도 없고 꼬리도 없으면 더 좋겠다는 식이다. 농장의 동물들 가운데 벤저민만 잘 웃지 않았는데 왜 그러느냐고 물으면 그저 웃을 일이 하나도 없다고 대꾸할 뿐이었다. 드러내놓고 인정하지는 않았지만 그런 벤저민도 복서에게만은 아주 다정했다. 일요일이면 둘이 과수원 너머 작은 목초지에서 나란히 풀을 뜯어먹으며 조용히 시간을 보내곤 했다.

복서와 클로버가 막 자리를 잡고 나자 어미 없는 새끼 오리들이 줄지어 헛간 안으로 들어와 꽥꽥거리며 큰 동물들에게 밟히지 않을 만한 자리를 찾아 이리저리 돌아다녔다. 클로버가 길쭉한 앞다리를 뻗어 새끼 오리들을 벽처럼 감싸주자 오리들은 그 안에 드러누워 이내 잠들어버렸다. 그다음 몰리가 짐짓 우아한 모습으로 각설탕을 씹으며 들어왔다. 몰리는 존스 씨가 타는 이륜마차를 모는 예쁘장한 흰색 암말이었는데 좀 바보스러운 구석이 있었다. 앞쪽에 자리를 잡았지만 곧 흰 갈기를 흔드는 모습이 아무래도 거기 매달린 빨간색 리본을 누군가 봐줬으면 하는 듯했다. 마지막으로 고양이가 등장했다. 이 암고양이는 늘 그렇듯 사방을 둘러보며 가장 따뜻한 자리를 찾다가 마침내 복서와 클로버 사이로 비집고 들어갔다. 그러고는 거기에 앉아 메이저 영감의 이야기는 한 마디도 듣지 않으면서 뭐가 그리 기분 좋은지 이야기가 끝날 때까지 계속 가르랑거렸다.

이제 농장에서 길들여 키우는 갈까마귀 모제스만 빼고 모든 동물이 한자리에 모였다. 모제스는 뒷문 뒤편 횃대에서 잠을 자고 있었다. 메이저 영감은 모두 편안하게 자리 잡고 조용히 이야기를 기다리는 모습을 보고는 목청을 가다듬은 뒤 입을 열었다.

“동무들, 내가 지난밤에 이상한 꿈을 꾸었다는 이야기는 이미 다 들었을 것이오. 그렇지만 그 꿈 이야기는 잠시 미뤄둡시다. 그전에 먼저 할 말이 있으니 말이오. 동무들, 나는 앞으로 여러분과 그리 긴 시간을 함께하지는 못할 것이오. 그래서 죽기 전에 내가 깨달은 지혜를 동무들에게 전해주는 것이 내 의무라고 생각하오. 나는 아주 오래 살았소. 우리에 혼자 누워 있을 때면 생각할 시간이 아주 많았지. 그래서 지금은 어떤 동물 못지않게 이 땅에서 펼쳐지는 삶의 본모습을 잘 이해한다고 말할 수 있을 것 같소. 내가 여러분에게 하려는 이야기는 바로 이 문제에 대한 것이오.

자, 동무들, 우리 삶의 본모습이란 과연 무엇인 것 같소? 한번 솔직하게 생각해봅시다. 우리 삶은 비참하고 고생스러운 데다 그리 길지도 못하오. 우리는 태어나서 간신히 굶어 죽지 않을 만큼의 먹이만 받아먹고, 쓸 만한 동무들은 마지막 힘이 다 쇠할 때까지 죽도록 일만 해야 하오. 쓸모가 없어지는 바로 그 순간 우리를 기다리고 있는 건 끔찍한 도살장뿐이오. 영국의 동물들은 나이 먹어 누릴 수 있는 행복이나 휴식의 의미를 전혀 알지 못하오. 영국에서 자유를 누리는 동물은 단 하나도 없소. 동물의 삶이란 비참한 노예 생활 바로 그 자체요. 이것이 바로 분명한 진실이란 말이오.

과연 이것이 정말 자연의 섭리겠소? 우리가 사는 이 땅이 너무 척박해서 우리에게 안락한 삶을 줄 수 없어서? 아니요, 동무들. 천만의 말씀이올시다! 영국의 토질은 기름지고 날씨도 적당하오. 지금보다 훨씬 더 많은 동물이 먹고살기에도 부족함이 없는 땅이란 말이오. 지금 우리가 사는 이 장원 농장만 보더라도 말 열두 마리에 암소 스무 마리 그리고 수백 마리가 넘는 양을 먹여 살릴 수 있소. 그것도 지금 우리가 상상할 수 있는 것 이상으로 안락하고 품위 있게 말이오. 그런데 왜 우리는 이렇게 비참한 삶을 이어가고 있단 말입니까? 그건 우리가 땀 흘려 일해 얻은 생산물을 인간들이 대부분 빼앗아가기 때문이오. 동무들, 우리가 겪는 모든 문제의 답이 여기 있소. 한마디로 인간이 문제란 말이오. 인간이야말로 우리의 유일한 진짜 적이오. 인간만 여기서 몰아낸다면 모든 굶주림과 고된 노동의 근원이 영원히 사라질 거요.

인간이란 생산은 하지 않고 소비만 하는 유일한 동물이오. 인간은 우유도 짜내지 못하고, 알도 낳지 못하며, 힘이 약해서 쟁기도 끌 수 없을뿐더러 토끼를 잡을 만큼 빨리 달리지도 못하오. 그런데도 인간은 모든 동물의 주인 노릇을 하고 있소. 인간은 동물들을 부려먹으면서 겨우 굶어 죽지 않을 만큼의 먹이만 주고는 나머지는 몽땅 빼앗아 가버리오. 우리는 힘들여 땅을 갈고 똥을 싸서 그 땅을 기름지게 하는데, 그렇다면 우리 가운데 누구라도 이 헐벗은 가죽 말고 다른 걸 가진 자가 있소? 지금 내 앞에 있는 암소들, 지난 일 년 동안 당신들은 몇천 리터나 되는 우유를 짜내지 않았소? 그런데 송아지들에게 먹여 튼튼하게 키워야 할 그 우유가 다 어디로 갔소? 한 방울도 남김없이 우리 적인 인간들의 목구멍 속으로 들어가 버렸소. 암탉들은 또 어떻소? 당신들이 낳은 그 수많은 알 가운데 제대로 껍데기를 깨고 나온 병아리가 몇 마리나 되오? 나머지 알들은 몽땅 시장으로 팔려나가 존스와 그 밑에 있는 일꾼들의 돈벌이가 되었소. 클로버, 당신이 낳은 새끼 네 마리는 다 어디로 갔소? 어미가 늙으면 어미의 힘이 되고 기쁨이 되어야 할 망아지들은? 한 살이 되자마자 모두 팔려간 그 망아지들을 당신은 아마 다시는 보지 못할 거요. 새끼를 네 마리나 낳고 또 들에 나가 평생 일한 당신에게 돌아온 대가라곤 보잘것없는 먹이에다 외양간밖에 없지 않소?

게다가 우리는 그런 비참한 삶마저 제대로 천수를 누리지 못하오. 나로 말하자면 불평할 게 없겠지. 난 운이 좋은 놈들 가운데 하나였으니까. 나는 열두 살이나 먹었고 내 자손들은 사백 마리가 넘소. 이것이야말로 돼지의 평범한 삶이오. 그렇지만 마지막에 가서 잔인한 도살의 칼날을 피할 수 있는 동물은 한 마리도 없을 거요. 내 앞에 앉아 있는 젊은 돼지들, 자네들은 모두 일 년도 지나지 않아 비명을 지르며 도살대에서 목숨을 잃게 되겠지. 여기 모인 우리 모두 이러한 공포와 마주하게 될 것이오. 암소도, 돼지도, 암탉도, 양도 모두 말이오. 말이나 개라고 해서 더 나을 건 없소. 이봐요, 복서. 자네의 그 우람한 근육이 기운을 잃는 바로 그날이 오면 존스는 자네를 도살장에 팔아넘길 거요. 그러면 백정이 자네 목을 자르고 삶아서 사냥

개 먹이로 줘버리겠지. 개들은 또 어떻소? 늙어서 이빨이 빠지고 나면 존스는 아마 목에다 벽돌을 매달아 가장 가까운 연못에 빠뜨려 죽일 거요.

자, 동무들, 이제 우리 삶을 괴롭히는 모든 악행이 인간의 횡포에서 생겨난다는 게 분명해지지 않소? 인간을 쫓아버려야 하오. 그래야만 우리 힘으로 이룩한 모든 것이 우리 것이 될 수 있소. 그저 하룻밤이면 우리는 자유와 풍요를 되찾을 수 있을 거요. 그렇다면 우리는 무엇을 해야 하겠소? 인간이라는 종족을 몰아내려면 몸과 마음을 다 바쳐 밤낮을 가리지 않고 준비해야 하오. 동무들, 이것이야말로 내가 동무들에게 하고 싶은 이야기요. 반란이란 말이오! 나도 그 반란이 언제 시작될지 알지 못하오. 하지만 지금 내 발밑에 지푸라기가 보이는 것처럼 한 가지는 확실하게 알고 있소. 그때가 언제가 되든지 정의는 반드시 이루어질 것이오. 동무들, 비록 짧은 일생을 살더라도 바로 이 점을 분명히 기억해두시오. 그리고 무엇보다도 내 이야기를 자손들에게도 계속해서 전하시오. 그래야 앞으로 우리 자손들도 승리의 그날까지 인간을 몰아내는 투쟁을 계속해나갈 테니 말이오.

동무들, 기억하시오. 동무들의 결심은 절대 흔들려선 안 되오. 어떤 논쟁도 동무들을 잘못된 길로 이끌어서는 안 된다 이 말이오. 누군가 와서 인간과 동물이 서로 이익을 같이 나누고 있으니 한쪽이 잘되면 다른 한쪽도 잘된다고 말하더라도 절대로 귀를 기울이지 마시오. 그건 모두 새빨간 거짓말이니까. 인간은 오직 자신의 이익을 위해서만 일한다는 걸 잊지 마시오. 그러니 우리 동물들은 완벽한 단결력과 동지애를 키워야 하오. 모든 인간은 우리 적이며 모든 동물은 우리 동지올시다."

바로 그때 요란한 소동이 일어났다. 메이저가 연설하는 동안 커다란 쥐 네 마리가 쥐구멍에서 기어 나와 엉덩이를 걸치고 앉아 그의 말을 듣고 있다가 개들 눈에 띈 것이다. 개들이 곧바로 달려들었지만 쥐들은 재빨리 쥐구멍 속으로 도망쳐 목숨을 건질 수 있었다. 메이저는 앞발을 들어 동물들을 조용히 시키고 다시 입을 열었다.

"동무들, 여기서 분명히 짚고 넘어가야 할 문제가 하나 있소. 쥐나 토끼처럼 농장 밖에 사는 동물들은 우리의 친구요, 아니면 적이요? 이 문제를 투표에 부치도록 합시다. 나는 지금 이 모임에서 이 문제를 결정하자고 제안하는 바요. 쥐는 우리의 동지요?"

곧바로 투표가 실시되었고 압도적인 찬성으로 쥐도 동지로 받아들여졌다. 반대표는 겨우 네 표뿐으로 개 세 마리와 고양이였다. 하지만 나중에 알고 보니 고양이는 찬성과 반대 양쪽에 모두 표를 던졌다. 메이저는 이야기를 계속했다.

"이제 내 말은 거의 끝났소. 거듭 말하지만, 인간과 인간의 모든 방식에 적개심을 가져야 한다는 의무를 잊지 마시오. 누구든 두 다리로 서 있다면 그건 우리의 적이오. 누구든 네 다리로 서 있거나 날개를 갖고 있다면 우리의 친구요. 또 하나, 인간에게 대항해 싸울 때 결코 인간과 같은 방식을 따라서는 안 된다는 점을 명심하시오. 설령 인간을 정복하게 되는 그날이 와도 인간의 잔혹한 방식은 절대로 따르지 말아야 하오. 어떤 동물도 인간의 집 안에서 살거나 침대 위에서 잠을 자서는 안 되오. 인간의 옷을 입거나 인간처럼 술을 마시고 담배를 피우거나 돈에 손을 대거나 무언가 거래를 해서도 안 되오. 인간이 하는 모든 일은 악행에 불과하니 말이오. 그리고 무엇보다도 동물들은 절대 서로를 다스리려 해서는 안 되오. 힘이 세건 약하건, 영리하건 어리석건 우리는 모두 형제자매요. 따라서 어떤 동물도 결코 다른 동물을 죽여서는 안 되오. 모든 동물은 평등하오.

자, 동무들, 이제 내가 지난밤에 꾸었던 꿈 이야기를 하겠소. 하지만 자세히는 들려줄 수 없을 것 같소. 그건 아마도 인간이 모두 사라진 뒤의 이 땅에 대한 꿈이었을 거요. 그렇지만 그 꿈은 내가 오랫동안 잊고 있었던 걸 일깨워주었소. 아주 오래전 내가 새끼 돼지였을 때 내 어머니와 다른 암퇘지들은 옛날 노래를 자주 흥얼거리곤 했소. 겨우 곡조와 첫 세 마디 가사만 아는 정도였지만 말이오. 나도 어렸을 때는 그 곡조를 기억하고 있었지만 이미 오래전에 잊어버렸소. 그런데 지난밤 꿈속에서 그 노래를 나머지 가사까지 몽땅 다시 듣게 된 거요. 그건 분명 아주 오래전 동물들이 부르다가 여러 세대를 거치면서 잊혀진 노래요. 이제 그 노래를 동무들에게 불러주겠소. 나는 비록 늙어서 목소리가 쉬었지만 곡조를 가르쳐주면 훨씬 더 잘 부를 수 있을 거요. 노래 제목은 〈영국의 동물들〉이오."

메이저 영감은 목청을 가다듬고 노래를 부르기 시작했다. 그가 말한 대로 목소리는 쉬어 있었지만 노래 솜씨는 나쁘지 않았다. 그 노래는 어쩐지 귀에 익은 민요인 〈클레멘타인〉과 〈라쿠카라차〉의 중간쯤 되는 곡조 같았다. 가사는 이러했다.

영국의 동물들아, 아일랜드의 동물들아
온 땅과 온 지역의 동물들아
다가올 황금빛 미래에 대한
나의 즐거운 소식에 귀 기울여라

머지않아 그날이 오리니
압제자 인간을 몰아내고
영국의 풍요로운 들판 위를
우리 동물들만 걸어 다닐 그날을

우리 코에서 코뚜레가 사라지고

우리 등에서 멍에가 벗겨지며

재갈과 박차는 영원히 녹슬어 버려지며

잔혹한 회초리질도 더는 없으리라

상상조차 못했던 풍요로움이여

밀과 보리와 귀리와 건초여

토끼풀에 콩 그리고 사탕무까지

그날에는 모두 우리 것이 되리라

태양이 영국의 들판을 비추고

물은 더욱 맑아지며

산들바람은 더 달콤하게 불어오리라

우리가 모두 해방되는 그날에

바로 그날을 위해 우리 모두 노력하세

그날이 오기 전에 죽을지라도

암소와 말과 거위와 칠면조도

모두 자유를 위해 노력하세

영국의 동물들아, 아일랜드의 동물들아

온 땅과 온 지역의 동물들아
다가올 황금빛 미래에 대한
나의 즐거운 소식에 귀 기울여라

노래를 듣자 동물들은 엄청난 흥분에 휩싸였다. 메이저 영감이 노래를 다 끝마치기도 전에 동물들은 그 노래를 따라 부르기 시작했다. 심지어 가장 우둔한 동물들도 곡조는 물론 가사 몇 소절을 외울 정도였고 돼지나 개처럼 영리한 동물들은 불과 몇 분 안에 노래를 전부 외웠다. 그리고 몇 차례 더 연습하고 나자 장원 농장 전체에 〈영국의 동물들〉 합창 소리가 크게 울려 퍼졌다. 암소들은 낮은 목소리로 음매 하고 개들은 컹컹거리고 양들은 매에 하고 말들은 힝힝거리고 오리들은 꽥꽥댔다. 동물들은 이 노래가 얼마나 좋았는지 연거푸 다섯 번이나 쉬지 않고 불렀는데, 만일 방해만 받지 않았다면 밤새도록 부를 기세였다.

유감스럽게도 동물들의 소동에 잠이 깬 존스 씨가 침대에서 갑자기 튀어나왔다. 마당에 여우라도 들어온 게 틀림없다고 생각한 것이다. 존스 씨는 언제나 방구석에 세워두는 총을 집어 들고는 어둠 속을 향해 여섯 발을 날렸다. 총알들이 헛간 벽에 날아와 박히자 동물들의 모임도 허겁지겁 끝나버렸다. 놀란 동물들은 재빠르게 각자의 잠자리로 달아났다. 날짐승들은 횃대로 날아올라 갔으며 다른 동물들도 짚더미 속으로 모습을 감췄다. 그리고 농장 전체가 이내 깊은 잠 속으로 빠져들었다.

2

밤이 세 번 지난 뒤 메이저 영감은 잠자다가 편안히 세상을 떠났다. 메이저의 사체는 과수원 아래 묻혔다.

3월 초에 있었던 일이다. 그 뒤 삼 개월 동안 농장에서는 아주 은밀한 움직임이 포착되었다. 메이저가 남긴 연설은 농장의 영리한 동물들에게 완전히 새로운 삶의 관점을 심어주었다. 동물들은 메이저 영감이 예언한 반란이 언제 일어날지 알 수 없었고, 그 일이 자신들이 살아 있는 동안 일어날 거라고 믿을 만한 근거도 없었다. 그렇지만 그 반란을 준비하는 일이 자신들의 의무라는 사실은 분명히 깨닫고 있었다. 다른 동물들을 가르치고 조직하는 일은 자연스레 동물들 가운데 가장 똑똑하다고 인정받는 돼지들이 맡아 했다. 그중에서도 존스 씨가 내다 팔려고 키우던 스노볼과 나폴레옹이라는 젊은 수퇘지 두 마리의 활동이 두드러졌다. 나폴레옹은 농장에서 유일한 버크셔종 수퇘지로 큰 덩치 못지않게 성질도 무척 드세 보였다. 말수는 그다지 많지 않지만 나름대로 뚝심이 있다는 평판을 얻었다. 스노볼은 성격이 밝고 말재주와 재치도 뛰어났지만 나폴레옹과 같은 묵직함은 주지 못했다. 이 둘을 뺀 나머지 수퇘지들은 모두 식용으로 기르고 있었다. 그중에서 가장 소문난 놈은 스퀼러라는 작고 뚱뚱한 돼지였다. 포동포동하게 살이 오른 얼굴에 눈동자는 반짝거리고 움직임은 여간 날래지 않았으며 목소리는 날카로웠다. 스퀼러는 정말 언변이 뛰어났다. 뭔가 곤란한 문제를 토론하려고 하면 꼬리를 흔들며 이리저리 뛰어다니곤 했는데, 어찌 보면 그게 꽤 설득력이 있었다. 다들 스퀼러라면 검은 것을 흰 것이라고 믿게 만들 수도 있으리라고 수군거렸다.

이들 돼지 세 마리는 메이저 영감의 가르침을 치밀한 사상 체계로 꾸며놓은 다음 거기에 이른바 '동물주의'라는 이름을 붙였다. 이들은 일주일에 며칠씩 밤마다 존스 씨가 잠들고 난 뒤 헛간에서 비밀 회합을 열고 다른 동물들에게 동물주의의 원리를 설명해주었다. 처음 이들이 마주한 것은 동물들의 어리석음과 무관심이었다. 어떤 동물은 존스 씨를 자기들의 '주인님'이라고 부르며 그에게 충성해야 한다고 이야기했다. "존스 씨가 우리한테 먹을 걸 주는데, 만약 그가 없어지면 우리는 굶어 죽을 거요"와 같은 유치한 말을 하기도 했다. 또 어떤 동물은 "우리가 죽은 뒤에 일어날 일을 왜 걱정해야 한단 거요?"라거나 "이 반란이 어떻게든 결국 일어나게 되어 있다면 우리가 준비를 하든 안 하든 무슨 차이가 있다는 거요?"라고 묻기도 했다. 그러면 돼지들은 그런 말은 동물주의 정신에 어긋나는 것이라며 갖은 애를 써서 동물들을 이해시키곤 했다. 흰 암말 몰리는 그런 질문들 가운데서도 가장 터무니없는 질문을 했다. 몰리가 스노볼에게 처음 던진 질문은 "반란이 일어난 뒤에도 설탕을 얻어먹을 수 있을까요?"였다.

"아니요."

스노볼은 딱 잘라 대답한 뒤 다시 말을 이었다.

"이 농장에서는 설탕을 만들어낼 방법이 없소. 게다가 설탕 따위는 먹을 필요가 없을 거요. 대신 귀리와 건초를 마음껏 먹을 수 있소."

그러자 몰리가 다시 물었다.

"그러면 내 갈기에 리본을 다는 건 괜찮을까요?"

스노볼이 말했다.

"동무, 동무가 그렇게 바라는 리본은 바로 노예의 표시일 뿐이오. 자유가 리본보다 훨씬 더 중요하다는 걸 이해하지 못하겠소?"

몰리는 고개를 끄덕거렸지만 사실 그렇게 잘 알아들은 눈치는 아니었다.

게다가 돼지들은 농장에서 길들인 갈까마귀 모제스가 퍼뜨리고 돌아다니는 거짓말을 막느라 더 큰 곤욕을 치러야 했다. 존스 씨가 특별히 귀여워하는 애완동물인 모제스는 첩자에다 고자질쟁이였지만 말솜씨만큼은 탁월했다. 모제스는 동물들이 죽은 뒤에 가는 이른바 '설탕과자 산'이라는 신비한 땅의 존재를 알고 있다고 떠들어댔다. 모제스의 주장으로는 설탕과자 산은 저 구름 너머 하늘 어딘가에 있었다. 그곳은 일주일 내내 일요일만 있고 토끼풀이 일 년 내내 피어 있으며 울타리에서는 각설탕과 시드 케이크가 자라고 있었다. 동물들은 일을 하지 않고 주둥이만 나불대는 모제스를 미워했지만 개중에는 은근히 설탕과자 산을 믿는 동물도 있었다. 그래서 돼지들은 세상 어디에도 그런 곳은 없다고 동물들을 설득하느라 진땀 꽤나 흘려야 했다.

한편 돼지들의 가장 성실한 학생은 짐마차를 끄는 두 마리 말, 복서와 클로버였다. 이들은 뭐든 스스로 생각하는 일 자체를 아주 버거워했으나 일단 돼지들을 스승으로 받아들이고 나서는 그들이 말해주는 걸 모두 그대로 받아들였다. 그러고는 그것을 아주 간단하게 정리해 다른 동물들에게 다시 전했다. 복서와 클로버는 헛간에서 열리는 비밀 회합에 한 번도 빠지지 않고 참석했으며 회합이 끝날 때면 언제나 〈영국의 동물들〉을 앞장서서 불렀다.

그런데 놀랍게도 동물들의 반란은 모두의 예상을 뛰어넘어 훨씬 빨리 그리고 훨씬 쉽게 성공했다. 존스 씨는 냉혹한 주인이기는 했으나 아주 유능한 농부였다. 하지만 최근 들어 실의에 빠진 나날을 보내고 있었다. 그는 어떤 재판에서 돈을 잃자 크게 낙심하여 몸이 배겨나지 못할 정도로 술을 마시기 시작했다. 일단 부엌에 있는 싸구려 나무 의자에 앉기만 하면 빈둥거리며 신문을 읽거나 술을 마시며 이따금 모제스에게 맥주에 적신 빵 부스러기를 먹이는 일로 하루를 보내곤 했다. 그의 밑에서 일하는 일꾼들도 게으르고 믿을 수 없기는 마찬가지여서 들판에는 잡초가 무성해지고 농장 건물은 여기저기 삐걱거렸으며 울타리는 망가진 채 방치되었고 동물들도 제대로 먹이를 얻어먹지 못했다.

그렇게 6월이 돌아오자 풀을 베어 건초를 만들어야 할 시기가 되었다. 성 요한 축일 전날인 6월 23일은 토요일이었다. 존스 씨는 윌링던에 있는 레드라이언이라는 선술집에서 술을 퍼마시고는 다음 날인 일요일 한낮까지 농장으로 돌아오지 않았다. 일꾼들은 아침 일찍 암소들의 젖만 짜놓고는 동물들에게 먹이 주는 일은 나 몰라라 하고 토끼 사냥을 떠나버렸다. 존스 씨는 집에 돌아오자마자 곧장 거실 소파로 직행해 얼굴에 신문지를 덮고 곯아떨어졌다. 그래서 일요일 저녁때까지 동물들은 아무것도 먹지 못한 채 굶어야 했다. 동물들은 더는 참을 수가 없었다. 암소 한 마리가 뿔로 창고 문을 부수고 들어가자 나머지 동물들도 모두 따라 들어가 각자 곡물을 먹어치우기 시작했다. 바로 그때 존스 씨가 잠에서 깨어났다. 그는 일꾼 넷을 거느리고 창고로 달려와 손에 든 채찍을 이리저리 휘두르기 시작했다. 굶주린 동물들은 이제 견딜 수 없는 지경이 되었다. 처음부터 미리 계획한 일은 아니었지만 동물들은 모두 한 덩어리가 되어 자신들을 괴롭히는 인간들에게 달려들었다. 존스와 일꾼들은 갑자기 자신들이 사방에서 공격당하고 있다는 사실을 깨달았다. 상황은 점점 더 걷잡을 수 없게 되었다. 그들은 동물들이 이런 행동을 하는 모습을 지금까지 단 한 번도 보지 못했다. 더군다나 자기들 멋대로 두들겨 패며 괴롭혀온 동물들이 갑자기 달려들자 겁에 질려 어쩔 줄 몰랐다. 결국 이들은 얼마 저항하지 못하고 모두 줄행랑을 치고 말았다. 잠시 뒤 큰길로 이어지는 마찻길을 따라 정신없이 도망치는 다섯 사람의 모습이 보였고 그 뒤를 동물들이 승리의 함성을 내지르면서 쫓아가고 있었다.

그때 침실 창으로 무슨 일이 벌어지는지 지켜보던 존스 씨 부인은 손가방에 몇 가지 소지품만 허겁지겁 챙겨 넣고는 다른 길로 농장을 빠져나갔다. 모제스는 횃대에서 튀어 오르더니 큰 소리로 깍깍대며 안주인을 따라 날아갔다. 한편 길가까지 존스와 일꾼들을 쫓아간 동물들은 가로대 다섯 개가 가로질러 있는 농장 입구 문을 쾅 하고 닫아버렸다. 도대체 무슨 일이 벌어졌는지 채 알아차리기도 전에 그렇게 동물들의 반란은 성공을 거두었다. 존스 씨는 농장에서 쫓겨났고 장원 농장은 이제 동물들의 차지가 되었다.

처음 얼마 동안은 동물들도 자신들에게 일어난 이 행운이 도저히 믿기지 않았다. 그래서 동물들은 맨 먼저 농장 어디에도 인간이 숨어 있지 않다는 걸 확인이라도 하듯 모두 한 덩어리가 되어 농장 주위를 한바탕 뛰어다녔다. 그런 다음에는 농장 건물로 돌아와 가증스러운 존스가 지배하던 시절의 흔적들을 모조리 쓸어버렸다. 마구간 끄트머리에 있던 창고 문을 부수고 들어가 재갈, 코뚜레, 개 목줄 그리고 존스 씨가 돼지나 양을 거세할 때 사용하던 끔찍한 칼들을 몽땅 우물에 던져버렸다. 주로 말한테 사용하던 고삐며 굴레, 눈가리개 그리고 보기만 해도 꼴사나운 목에 다는 여물 주머니도 마당에 피운 화톳불에서 쓰레기와 함께 불태웠다. 채찍도 마찬가지였다. 채찍이 불에 타는 걸 보고 기뻐 날뛰지 않는 동물은 없었다. 스노볼은 장날이면 말들의 갈기와 꼬리에 매달아 장식하던 리본도 불 속에 던져버렸다.

그러고 나서 스노볼이 입을 열었다.

"리본이란 옷이나 마찬가지예요. 바로 인간이라는 표시지요. 그러니 동물은 그런 걸 걸쳐서는 안 됩니다."

이 말을 들은 복서는 여름이면 귀에 파리가 들어가지 못하도록 쓰던 작은 밀짚모자를 가져와 다른 것들과 함께 불 속에 처넣었다.

시간이 얼마 지나기도 전에 동물들은 존스 씨를 떠올리게 하는 것을 다 없애버렸다. 그러고 나서 나폴레옹은 동물들을 이끌고 다시 창고로 가서 각 동물에게 이제까지보다 두 배 더 많은 곡식을 나누어주고 개들한테는 비스킷을 두 개씩 주었다. 그런 다음 동물들은 〈영국의 동물들〉을 처음부터 끝까지 일곱 번이나 이어서 불렀다. 밤이 깊어지자 다들 뿔뿔이 흩어져 예전에는 한 번도 맛보지 못했던 단잠을 잤다.

그렇지만 평소처럼 동틀 무렵 잠에서 깬 동물들은 문득 지난밤에 일어났던 영광스러운 일을 기억해내고는 다 함께 목초지로 뛰어나갔다. 목초지에서 조금만 더 내려가면 장원 농장 대부분을 바라볼 수 있는 작은 언덕이 하나 있었다. 동물들은 그 언덕 꼭대기로 달려 올라가 이른 아침의 환한 햇빛 속에서 사방을 둘러보았다. 아, 이제 농장은 동물들의 것이다. 눈앞에 보이는 모든 게 우리 것이다! 이런 생각이 들자 흥분해서 눈앞이 아찔해진 동물들은 빙글빙글 뛰어다니거나 공중으로 펄쩍 뛰어오르기도 했다. 또한 이슬 위를 뒹굴며 향긋한 여름풀들을 한입 가득 물어뜯거나 기름진 흙덩어리를 발로 차올려 그 그윽한 냄새에 취해보기도 했다. 그런 다음 동물들은 농장 전체를 살펴보기 시작했다. 밭이며 건초용 풀밭, 과수원, 연못 그리고 덤불숲까지 아무 말 없이 그저 놀라움에 가득 차 둘러보았다. 마치 예전에는 한 번도 본 적이 없는 풍경 같았으며, 이 모든 것이 자기들 것이 되었다는 사실이 좀처럼 믿기지 않았다.

그러다 동물들은 농장 건물들 쪽으로 돌아갔지만 존스 씨가 살던 집 문 밖에서 말없이 멈춰 섰다. 그 집도 이제는 동물들의 것이었으나 다들 뭔가 두려운 듯 선뜻 그 안으로 들어가지 못했다. 잠시 뒤 스노볼과 나폴레옹이 어깨로 밀어 문을 열자 동물들은 집 안의 물건들을 망가뜨리지 않으려고 조심하면서 한 줄로 걸어 들어갔다. 그들은 발끝으로 살금살금 이 방 저 방을 둘러보았다. 그러고는 깃털로 채운 매트리스가 깔린 침대와 거울, 말총 소파, 벨기에 융단, 응접실 벽난로 위에 놓인 빅토리아 여왕의 석판화 등을 구경했다. 동물들은 입이 다물어지지 않을 만큼 화려한 물건들을 놀란 눈으로 바라봤지만 자기들끼리 속삭일 뿐 감히 입 밖으로 크게 말을 내뱉지도 못했다. 그런데 계단을 내려오다가 문득 몰리가 눈에 띄지 않는다는 걸 알아차렸다. 다시 돌아가 보니 몰리는 가장 멋진 침실에 그대로 남아 있었다. 존스 부인의 화장대에서 파란색 리본을 찾아낸 몰리는 그것을 어깨에 걸치고는 거울에 비친 자신을 넋을 잃고 감탄하며 바라보고 있었다. 다른 동물들은 그런 몰리를 날카롭게 꾸짖은 뒤 다시 밖으로 나왔다. 그들은 부엌에 걸려 있던 햄 덩어리를 가지고 나와 땅에 묻었다. 부엌방에 있던 맥주 통은 복서가 발길질로 부숴버렸다. 그 밖의 물건에는 전혀 손대지 않았다. 동물들은 그 자리에서 존스 씨가 살던 집은 일종의 기념관으로 그대로 보존하자는 결의를 만장일치로 통과시켰다. 또한 어떤 동물도 인간의 집에서는 살지 않기로 합의했다.

동물들이 아침을 먹자 스노볼과 나폴레옹은 그들을 다시 불러모았다. 스노볼이 동물들에게 말했다.

"동무들, 지금은 여섯 시 반이고 우리한테는 긴 하루가 남아 있소. 오늘은 풀을 베어 건초 만들기를 시작해야 하지만 그전에 꼭 해야 할 일이 있소."

두 돼지는 지난 석 달 동안 존스 씨 아이들이 보다가 쓰레기 더미에 내다 버린 오래된 맞춤법 책으로 읽기와 쓰기를 공부해 왔다는 사실을 동물들에게 알려주었다. 나폴레옹은 검은색과 흰색 페인트 통을 가져오게 한 다음 큰길로 이어지는 농장 입구로 동물들을 데려갔다. 농장 입구에는 가로대 다섯 개로 막아놓은 문이 있었다. 글씨를 가장 잘 쓰는 스노볼은 앞발의 두 발굽 사이에 붓을 끼우고 문의 가장 윗부분에 쓰인 '장원 농장'이라는 이름을 페인트로 지워버리고 그 위에 다시 '동물 농장'이라고 썼다. 이제부터는 이것이 농장의 새 이름이었다. 일을 마친 동물들은 농장 건물들 쪽으로 되돌아왔다. 스노볼과 나폴레옹은 사다리를 가져오게 해 가장 큰 헛간의 벽에 걸쳐놓았다. 두 돼지는 지난 석 달 동안 연구한 끝에 동물주의 원칙을 칠 계명으로 줄일 수 있었다고 설명했다. 그러고는 이 칠 계명을 헛간의 벽 위에 쓰겠노라고 했다. 지금부터 이 칠 계명은 동물 농장의 동물들이 영원히 지키고 살아야 할 불변의 법칙이 될 터였다. 돼지가 사다리 위에서 균형을 잡기란 그리 쉬운 일이 아니어서 스노볼은 아주 힘겹게 사다리를 기어 올라가 글을 쓰기 시작했다. 스퀼러가 그 밑에서 페인트 통을 들고 있었다. 방수용 타르를 칠해서 시커먼 헛간 벽 위에 흰색 페인트로 크게 써놓은 동물 칠 계명은 삼십 미터쯤 떨어진 곳에서도 읽을 수 있었다. 그 내용은 다음과 같았다.

동물 칠 계명

1. 두 다리로 걷는 것은 누구든 적이니라.

2. 네 다리로 걷거나 날개가 있는 것은 누구든 친구니라.

3. 어떤 동물도 인간의 옷을 입어서는 안 되느니라.

4. 어떤 동물도 인간의 침대에서 잠을 자서는 안 되느니라.

5. 어떤 동물도 술을 마셔서는 안 되느니라.

6. 어떤 동물도 다른 동물을 죽여서는 안 되느니라.

7. 모든 동물은 다 평등하니라.

글씨체는 아주 깔끔했다. '친구'가 '천구'처럼 보이기도 하고 거꾸로 쓴 글자도 있었지만 맞춤법은 거의 정확했다. 스노볼은 다른 동물들을 위해 칠 계명을 큰 소리로 읽어주었다. 동물들이 완전한 동의의 표시로 고개를 끄덕였다. 그중에서 영리한 동물들은 당장 칠 계명을 외우기 시작했다.

스노볼이 페인트 붓을 내던지며 소리쳤다.

"자, 동무들, 풀밭으로 갑시다! 우리의 명예를 걸고 존스와 일꾼들보다 더 많은 풀을 거둬들이도록 합시다!"

바로 그때 아까부터 왠지 불편하게 보이던 암소 세 마리가 크게 소리를 지르며 울기 시작했다. 이들 암소는 만 하루 동안이나 젖을 짜내지 못해 젖통이 터질 듯 부풀어 올라 있었다. 돼지들은 잠깐 생각하다가 양동이를 가져오게 하더니 꽤 그럴싸하게 젖을 짜냈다. 돼지들의 앞발이 이런 일을 하기에 적당했던 것이다.

얼마 지나지 않아 거품이 이는 진한 우유가 다섯 양동이에 가득 찼다. 동물들 대다수가 무척 흥미로운 표정으로 우유를 바라보았다.

"저 우유를 다 어쩌려나?"

누군가 이렇게 말했다.

"존스는 이따금 우리가 먹는 밀기울에 저걸 섞어주었는데."

암탉 한 마리가 이렇게 말했다. 그때 나폴레옹이 소리를 지르며 양동이 앞을 가로막았다.

“우유는 걱정하지 마시오, 동무들! 이건 나중 문제올시다. 지금은 풀을 거둬들이는 게 더 중요하오. 스노볼 동지가 앞장설 것이오. 나도 곧 그 뒤를 따르겠소. 동지들, 앞으로 나가시오! 풀이 우리를 기다리고 있소.”

동물들은 떼를 지어 풀밭으로 몰려가 풀을 거둬들였다. 그리고 저녁이 되어 다시 돌아왔을 때 우유는 그 어디에도 보이지 않았다.

3

풀을 거둬들여 건초를 만드느라 동물들이 얼마나 많은 땀을 흘리고 고생했던가! 그렇지만 그런 그들의 노력은 보상을 받았다. 건초의 양은 동물들이 바라던 것보다 훨씬 더 많았다.

때로는 일이 버겁기도 했다. 인간에게 맞게 만들어진 농장의 도구들을 동물들이 사용하려다 보니 어쩔 수가 없었다. 특히 뒷다리로 서야만 사용할 수 있는 도구의 경우에는 여간 곤란한 문제가 아니었다. 하지만 돼지들은 아주 영리해서 이런 어려운 문제들을 해결할 방법을 생각해내곤 했다. 예를 들어 말들은 들판을 속속들이 잘 알고 있어서 풀을 베고 긁어모으는 일은 존스 씨와 일꾼들보다 훨씬 더 잘했다. 돼지들은 직접 노동하지 않았지만 다른 동물들을 지도하고 감독했다. 이들은 우월

한 지식 덕분에 지도자 대접을 받았다. 복서와 클로버는 풀 베는 기계나 긁어모으는 써레를 알아서 직접 끌며 들판 위를 쉬지 않고 돌아다녔다. 이제 이들에게 고삐나 재갈 같은 건 필요가 없었다. 그 대신 돼지 하나가 뒤를 따르며 필요할 때마다 "앞으로, 동무!" 또는 "그만, 동무!"라고 소리를 질렀다. 아주 작은 동물들까지 모두 풀을 거둬들여 건초 만드는 일에 참여했다. 심지어 오리와 암탉까지도 햇볕 아래에서 온종일 이리저리 뛰어다니며 부리로 작은 풀잎들을 날랐다. 결국 동물들은 존스 씨와 일꾼들보다 이틀이나 일찍 건초 만들기를 끝마쳤다. 게다가 지금까지 한 번도 보지 못한 엄청난 양의 건초를 만들어냈다. 쓸데없이 버려지는 것이라고는 하나도 없었다. 암탉과 오리들은 날카로운 눈으로 마지막 풀잎 하나까지 다 끌어모았다. 또한 농장의 어떤 동물도 한 입 이상은 훔쳐 먹지 않았다.

여름 내내 농장 일은 시계처럼 빈틈없이 돌아갔다. 이런 일이 일어날 수 있으리라고 단 한 번도 생각해보지 못한 동물들은 정말 행복했다. 입으로 들어가는 먹을거리는 그야말로 한 입 한 입 짜릿한 즐거움을 주었다. 이제는 말 그대로 진짜 자신들의 식량이 아닌가. 탐욕스러운 주인이 선심 쓰듯 던져준 게 아니라 자기 자신들을 위해 직접 일궈낸 것이었다. 아무짝에도 쓸모없는 기생충 같은 인간들은 이제 사라져버렸다. 그 덕분에 모든 동물에게 충분한 식량과 미처 경험해보지 못한 한가로운 시간까지 덤으로 생겼다. 물론 어려움도 많았다. 예를 들어 동물들은 농장에 탈곡기가 없어서 그해 가을에 거둬들인 곡식을 옛날 방식대로 발로 밟은 다음 후 하고 불어서 껍질을 날려 보내야만 했다. 하지만 언제나 그러했듯이 돼지들의 지혜와 복서의 무지막지한 힘으로 어려운 문제들을 해결하곤 했다. 복서는 모든 동물에게 존경을 받았다. 그는 존스가 농장 주인이었을 때도 열심히 일했지만 이제는 말 세 마리의 몫을 해내고 있었다. 농장 일이 전부 복서의 힘센 어깨 위에 달린 것만 같은 날들이 늘어갔다. 복서는 아침부터 저녁까지 언제나 일이 가장 고된 곳에서 밀고 끌며 일했다. 그는 수탉한테 아침에 다른 동물들보다 삼십 분 더 일찍 깨워달라고 부탁했다. 그러고는 그날의 일과가 시작되기도 전에 일어나 자신이 가장 필요하다고 생각되는 곳으로 향했다. 그리고 그곳에서 누구보다 앞장서서 일을 해치웠다. 복서는 일하면서 어려운 문제에 부딪힐 때마다 이렇게 말하곤 했다.

"내가 좀 더 일하겠어!"

이 외침이야말로 복서 자신의 좌우명이 되었다.

다른 동물들도 저마다 재주껏 일했다. 이를테면 암탉과 오리들은 흩어진 곡식들을 주워 모아 그것만으로도 150리터가량을 모을 수 있었다. 아무도 훔치지 않았으며 어느 누구도 주어진 배급량에 불평하지 않았다. 예전에는 그저 일상적인 일이었던 싸움과 물어뜯기, 질투가 이제는 거의 자취를 감췄다. 아무도 게으름을 피우지도 않았다. 아니, 예외는 있었다. 사실 몰리는 아침에 제대로 일어나지도 못했고 발굽 사이에 돌이 끼었다며 일찌감치 하던 일을 그만두곤 했다. 고양이의 행동도 사뭇 독특했다. 얼마 지나지 않아 할 일이 있을 때면 어디서도 고양이를 찾아볼 수 없다는 사실을 알게 되었다. 이 암고양이는 몇 시간이고 모습을 감췄다가 밥 먹을 때가 되면 다시 나타났다. 아니면 아예 일이 다 끝난 저녁때가 돼서야 마치 아무 일도 없었다는 듯 모습을 보이곤 했다. 하지만 언제나 그럴듯한 변명을 늘어놓았고 아주 다정하게 가르랑거리는지라 결코 나쁜 뜻이 있어서 그랬다고는 도무지 생각할 수 없었다. 늙은 당나귀 벤저민은 반란이 일어난 이후로도 변한 것이 거의 없어 보였다. 존스가 주인이던 시절부터 늘 그래 왔던 것처럼 천천히 고집스럽게 자기 할 일만 했고 게으름을 피우지도 않았지만 그렇다고 나서서 일을 더하는 법도 절대 없었다. 반란과 그 이후의 결과에 대해서도 아무런 말도 하지 않았다. 누군가 존스가 사라졌는데 더 행복하지 않으냐고 물어보면 그저 "당나귀는 오래 살지. 너희 가운데 누구도 죽은 당나귀를 본 적이 없잖아"라고만 대답했다. 다른 동물들은 이런 알쏭달쏭한 대답에 만족할 수밖에 없었다.

일요일에는 일하지 않고 다들 쉬었다. 아침도 평소보다 한 시간 늦게 먹었다. 아침을 먹고 나면 매주 빠지지 않고 반드시 치르는 행사가 있었다. 먼저 깃발을 올린다. 스노볼이 마구를 보관하던 창고에서 존스 부인의 낡은 초록색 식탁보를 찾아낸 뒤 거기에 하얀색 페인트로 뿔과 발굽을 그려서 깃발을 만들었다. 이 동물 깃발을 일요일 아침마다 존스 씨 집 앞 깃대에 매달아 올렸다. 스노볼은 깃발의 초록색은 영국의 푸른 들판을 나타내고, 뿔과 발굽은 인간 종족을 모두 몰아내고 난 뒤 건설할 미래의 동물 공화국을 나타낸다고 설명했다. 깃발을 내걸고 나면 모든 동물은 큰 헛간으로 몰려 들어가 이른바 '회합'이라고 부르는 총회의를 연다. 그 자리에서 다음 주에 해야 할 일들을 계획하고 안건을 제출하고 토론을 벌인다. 안건을 제출하는 건 언제나 돼지들이었다. 다른 동물들은 투표를 어떻게 하는지는 이해했지만, 스스로 의견이나 안건을 내놓는다는 건 한 번도 생각해보지 못했다. 토론을 벌일 때도 스노볼과 나폴레옹이 가장 적극적이었다. 그렇지만 동물들은 이 두 돼지가 단 한 번도 의견이 같은 것을 본 적이 없었다. 한쪽이 어떤 의견을 내놓으면 다른 한쪽은 그것에 반대한다고 생각하면 거의 틀림없었다. 과수원 뒤에 있는 작은 방목장을 일할 수 없게 된 동물들을 위한 휴양소로 만들자는 의견은 누구도 감히 반대하지 못해 그대로 결정되었다. 하지만 각 동물이 언제 일을 그만둘지 은퇴 나이를 결정해야 할 때는 엄청난 갑론을박이 벌어졌다.

회합은 언제나 〈영국의 동물들〉을 합창하는 것으로 마무리했고, 오후에는 휴식을 취했다.

돼지들은 마구 창고를 본부로 삼았다. 저녁이 되면 그들은 여기에 모여 존스의 집에서 가져온 책들을 보며 대장간 일과 목공 일, 그 밖의 필요한 기술을 연구했다. 또한 스노볼은 다른 동물들을 모아 자신이 이름 붙인 '동물 위원회'를 구성하느라 정신없이 바빴다. 그는 이 일에 열성을 다했다. 스노볼은 암탉들을 위해서는 '달걀 생산 위원회'를, 암소들을 위해서는 '깨끗한 꼬리 연맹'을, 야생의 쥐와 토끼들을 길들이기 위해서는 '야생동물 재교육 위원회'를, 양들을 위해서는 '깨끗한 양털 운동' 등 다양한 위원회와 조직을 결성했다. 읽기와 쓰기를 가르치는 학습반도 열었다. 하지만 이런 계획들은 대부분 실패로 돌아갔다. 예를 들어 야생동물들을 길들이려는 시도는 시작하자마자 주저앉고 말았다. 야생동물들의 행동은 예전과 거의 달라지지 않았다. 호의적으로 대접해주면 단지 그걸 이용할 뿐이었다. 고양이는 이 '재교육 위원회'에 참여해 얼마간은 아주 적극적으로 활동했다. 어느 날 이 암고양이는 지붕 위에 앉아 자기 발이 닿지 못하는 곳에 앉은 참새 몇 마리와 이야기를 나누고 있었다. 암고양이는 참새들에게 이제 모든 동물이 동지가 되었으니 어떤 참새라도 자기 앞발 위에 날아와 앉을 수 있다고 이야기했다. 하지만 참새들은 그저 멀찌감치 떨어져 있었다.

그래도 읽기와 쓰기 학습반은 나름 큰 성공을 거두었다. 가을로 접어들자 농장의 동물들은 대부분 어느 정도 글을 깨치게 되었다.

돼지들은 이미 완벽하게 읽고 쓸 수 있었다. 개들도 돼지들 못지않게 학습 진도가 빨랐지만 동물 칠 계명 말고는 별다른 흥미를 보이지 않았다. 염소 뮤리엘은 개들보다 더 잘 읽을 수 있었는데 이따금 쓰레기 더미에서 찾아낸 신문지 조각을 저녁에 다른 동물들한테 읽어주기도 했다. 벤저민도 어느 돼지 못지않게 잘 읽을 수 있었지만 결코 그 재주를 뽐내는 일은 없었다. 그의 말로는 자기가 아는 한 읽을 만한 가치가 있는 것은 없다고 했다. 클로버는 알파벳 스물여섯 자를 다 배웠는데도 도무지 그걸 단어로 합칠 줄을 몰랐다. 복서는 알파벳 서너 글자 이상은 진도를 나가지 못했다. 그는 거대한 발굽으로 땅바닥에 간신히 글자를 비슷하게 그려놓고는 귀를 쫑긋 세우거나 때로는 머리까지 흔들며 꼼짝도 하지 않고 그 글자들을 보고 외우려 했지만 한 번도 성공한 적이 없었다. 사실 몇 번 일고여덟 글자까지 배우는 데 성공했다고 생각한 적도 있었지만 실제로는 앞의 서너 글자를 이미 까먹고 말았다. 결국 복서는 알파벳의 처음 네 글자만 외우는 데 만족하기로 하고 그걸 잊어버리지 않으려고 매일 한두 번씩 써보곤 했다. 몰리는 자기 이름 말고는 더 이상 배우려고 하지 않았다. 나뭇가지들로 예쁘장하게 자기 이름을 만들고 꽃 한두 송이로 그 위를 장식한 다음 감탄하고 바라보는 게 전부였다.

그 밖의 다른 동물들 가운데 한 글자 이상 외우고 있는 동물은 하나도 없었다. 게다가 양이나 암탉, 오리처럼 머리가 아둔한 동물들은 동물 칠 계명조차 외우지 못했다. 스노볼은 한참 궁리한 끝에 동물 칠 계명을 "네 다리는 좋다, 두 다리는 나쁘다"라는 한 줄짜리 표어로 줄일 수 있다고 선언했다. 그의 말로는 여기에 동물주의의 기본 원칙이 다 담겨 있으므로 이것만 잘 외우면 인간들한테서 물들지 않고 안전하다고 했다. 그러자 새들은 자기들도 다리가 두 개라며 반대했다. 하지만 스노볼은 실제론 그렇지 않다며 이렇게 설명했다.

"동무들, 새의 날개란 뭔가 농간을 부리기 위한 게 아니라 움직이기 위한 기관이오. 따라서 날개도 다리라고 봐야 하오. 그 반면 인간의 가장 두드러진 특징은 '손'이요. 인간이 온갖 못된 짓거리를 하도록 돕는 도구가 바로 손이란 말이오."

새들은 스노볼의 길고 복잡한 이야기를 잘 이해하지 못했지만 그의 설명을 받아들였다. 그 뒤로 농장의 그저 그런 동물들은 모두 새로운 표어를 외우기 시작했다.

"네 다리는 좋다, 두 다리는 나쁘다."

이 표어를 헛간 벽에 적어놓은 칠 계명보다 좀 더 위쪽에 더 큰 글씨로 적었다. 일단 이 표어를 외우고 나자 양들은 아주 마음에 드는 듯 종종 들판에 누워 한꺼번에 “네 다리는 좋다, 두 다리는 나쁘다”며 매에 하고 울기 시작했는데, 절대 지치는 법 없이 몇 시간이고 계속해서 울어댔다.

나폴레옹은 스노볼의 위원회에 아무런 관심도 보이지 않았다. 그는 젊은 세대를 교육하는 일이 이미 다 자란 동물들을 위한 일보다 더 중요하다고 주장했다. 농장의 개 제시와 블루벨은 건초 만들기가 끝나고 얼마 지나지 않아 아홉 마리나 되는 튼튼한 강아지를 낳았다. 강아지들이 어미젖을 떼자마자 나폴레옹은 자신이 직접 교육을 책임지겠다며 어미 개한테서 이들을 데려갔다. 그는 마구 창고 안에서도 사다리가 있어야만 올라갈 수 있는 다락으로 강아지들을 데려가 따로 두었기에 다른 동물들은 곧 이들의 존재를 잊어버리고 말았다.

암소들한테서 짜낸 우유가 어디로 사라져버리는가 하는 수수께끼는 얼마 지나지 않아 풀렸다. 날마다 돼지들이 자신들의 먹이에 섞어 먹고 있었다. 이르게 여무는 사과가 이제 다 익기 시작해 바람에 떨어져 과수원 여기저기서 눈에 띄었다. 동물들은 당연히 사과를 공평하게 나눌 거라고 생각했다. 그렇지만 어느 날 바람에 떨어진 사과를 몽땅 모아서 돼지들이 쓰고 있는 마구 창고로 가져오라는 명령이 떨어졌다. 다른 동물들이 불평을 늘어놓았지만 아무런 소용이 없었다. 모든 돼지, 심지어 스노볼과 나폴레옹마저도 이 문제에서만큼은 한목소리를 냈다. 돼지들은 스퀼러를 급히 보내 다른 동물들에게 상황을 설명하도록 했다.

스퀼러는 소리를 질러댔다.

"동무들! 설마 우리 돼지가 이기주의나 특권의식으로 이러는 거라고 생각하지는 않겠지요? 사실 우리는 대부분 우유나 사과를 그리 좋아하지 않습니다. 우선 나부터도 그래요. 우리가 이런 것들을 챙겨 먹는 유일한 목적은 건강을 지키기 위해서입니다. 동무들, 과학적으로 증명된 바로는 우유와 사과에는 돼지들의 건강에 절대적으로 필요한 영양소가 들어 있습니다. 우리는 일종의 두뇌 노동자입니다. 이 농장을 관리하고 조직하는 일이 바로 우리한테 달려 있지요. 우리 돼지는 밤낮을 가리지 않고 여러분의 안녕을 지켜주고 있습니다. 우리가 우유와 사과를 먹는 건 다 여러분을 위해서입니다. 우리가 할 일을 제대로 해내지 못한다면 어떤 일이 벌어질지 아시겠습니까? 존스가 돌아옵니다! 그래요, 존스가 다시 돌아와요! 동무들, 이건 정말 확실합니다."

'여러분의 안녕을 지켜준다'고 할 때부터 목소리를 점점 높이던 스퀼러는 이리저리 뛰어다니며 꼬리를 흔들더니 나중에는 거의 애원하다시피 악을 써댔다.

"여러분 가운데 존스가 돌아오는 꼴을 보고 싶은 자는 분명 아무도 없겠지요?"

지금 이 순간 동물들이 완전히 확신하는 것이 하나 있다면 그건 존스가 다시 돌아오는 걸 아무도 원하지 않는다는 사실이었다. 일단 그렇게 생각하니 뭐라고 더 할 말이 없었다. 돼지들이 좋은 건강 상태를 유지하는 일은 두말할 나위 없이 중요했다. 그래서 더 이상의 토론 없이 우유와 땅에 떨어진 사과 그리고 나중에 나무에서 따게 될 사과의 대부분도 돼지들을 위해 모아두는 쪽으로 의견을 모았다.

4

여름이 다 지나갈 무렵, 그 지역의 절반 정도가 동물 농장에서 무슨 일이 일어났는지 알게 되었다. 스노볼과 나폴레옹은 매일 비둘기 편대를 날려보냈다. 비둘기들은 이웃 농장의 동물들 사이로 섞여 들어가 동물 농장의 반란 소식을 전하고 〈영국의 동물들〉 노래를 가르치라는 임무를 맡았다.

존스 씨는 대부분의 시간을 윌링던에 있는 선술집 레드라이언에서 죽치고 앉아 있었다. 그는 자기 이야기를 들어주는 사람이면 누구라도 붙잡고 아무짝에도 쓸모없는 동물 놈들이 자신을 농장에서 부당하게 쫓아냈다며 불평을 늘어놓았다. 다른 농장 주인들은 겉으로야 동정하는 척했지만 처음에는 존스 씨에게 별다른 도움을 주지 않았다. 다들 마음속으로 그에게 일어난 불행을 어떻게 해야 자기한테 유리하게 이용할 수 있을지 남몰래 궁리하고 있었다. 동물 농장과 붙어 있는 두 농장의 주인들이 사이좋은 적이 한 번도 없었던 것은 동물들한테는 행운이라면 행운이었다. 그중 하나인 폭스우드는 넓지만 제대로 관리되지 못한 구식 농장이었다. 나무들은 제멋대로 자라고 목초지는 황폐했으며 울타리도 영 말이 아니었다. 폭스우드 농장의 주인인 필킹턴 씨는 매사에 천하태평인 신사 농부로 대부분의 시간을 철따라 낚시나 사냥을 다니며 소일했다. 또 다른 농장인 핀치필드는 규모는 작지만 훨씬 알차게 운영되고 있었다. 주인인 프레더릭 씨는 영리하고 만만찮은 사람으로 끊임없이 소송에 휘말렸으며, 흥정할 때는 까다롭기가 이루 말할 수 없을 정도였다. 이 두 사람은 서로 몹시 싫어해서 심지어 자신들의 이익을 지키는 일에서도 의견이 잘 맞지 않았다.

프레더릭과 필킹턴은 동물 농장의 반란 소식에 몹시 놀라며 자기네 농장의 동물들이 이 일을 알게 될까 봐 벌벌 떨었다. 처음에 두 사람은 동물들이 스스로 농장을 꾸려나간다는 소리를 듣고 비웃으며 이 주일이면 모든 게 끝장날 거라고 떠들어댔다. 또한 그들은 동물 농장이라는 이름을 도저히 참을 수 없어서 여전히 장원 농장이라 불렀으며, 농장의 동물들이 서로 끊임없이 싸우다가 결국에 굶어 죽을 거라는 소문을 퍼뜨렸다. 하지만 시간이 흘러도 동물 농장의 동물들이 굶어 죽지 않자 이들은 금세 태도를 바꿨다. 지금 동물 농장에서는 끔찍하고 사악한 일들이 벌어지고 있는데, 동물들끼리 서로 잡아먹고 벌겋게 달아오른 편자로 고문하고 암놈을 돌려가며 데리고 지낸다고 떠들어대기 시작했다. 그들은 자연의 법칙을 거스르는 반란의 결과가 바로 이런 것이라고 주장했다.

하지만 이런 이야기들이 제대로 먹힐 리가 없었다. 인간들을 쫓아내고 동물들이 스스로 모든 일을 처리하는 이 놀라운 농장에 대한 소문은 모호하고도 왜곡된 모습으로 끊임없이 맴돌았다. 그해 내내 동물 농장에서 일어난 반란의 파장이 그 지역 전체로 퍼져나갔다. 언제나 고분고분하던 황소들이 갑자기 사나워지는가 하면, 양들은 울타리를 무너뜨리고 토끼풀을 다 먹어치워 버렸다. 암소들은 젖 짜는 양동이를 발로 차 엎어버렸고, 사냥 말들은 울타리 따위는 아랑곳하지 않고 활개를 치며 등에 올라탄 사람들을 땅으로 떨어뜨렸다. 무엇보다도 〈영국의 동물들〉의 곡조와 가사가 입이 다물어지지 않을 정도로 빠르게 퍼지다 보니 이제 알려지지 않은 곳이 없었다. 인간들은 이 노래를 들으면 그저 터무니없다는 듯 코웃음을 쳤지만 속으로는 끓어오르는 화를 참을 수가 없었다. 그들은 아무리 동물들이라 해도 어떻게 이처럼 너절한 쓰레기 같은 노래를 부를 수 있는지 도무지 이해하지 못하겠다면서 화를 냈다. 이 노래를 부르다 들킨 동물에게는 그 자리에서 채찍질을 했지만 이미 퍼질 대로 퍼진 노래를 막을 도리가 없었다. 개똥지빠귀들은 울타리 위에 앉아 휘파람으로 이 노래를 불러댔고 비둘기들은 느릅나무 가지에 앉아 구구거리며 이 노래를 불렀다. 대장간의 망치질 소리며 교회 종소리에도 이 노래가 스며든 것 같았다. 인간들은 이 노래를 들을 때면 그 속에서 자신들의 운명에 대한 예언을 듣는 것 같아 남몰래 부들부들 떨었다.

10월 초, 곡식들을 모두 거둬들여 쌓아올리고 일부는 벌써 타작까지 끝마쳤을 무렵이었다. 비둘기 편대가 하늘에서 빙빙 돌더니 굉장히 흥분한 상태로 동물 농장 마당에 내려앉았다. 그러고는 존스와 일꾼들이 폭스우드와 핀치필드 농장에서 온 대여섯 사람과 함께 농장 중심부로 이어지는 마찻길을 따라 올라오고 있다는 소식을 전했다. 손에 총을 든 존스가 앞장서고 나머지 사람들도 모두 막대기 하나씩을 들고 있다고 했다. 두말할 나위도 없이 농장을 다시 인간들 손아귀에 넣으려고 쳐들어오는 것이었다.

이미 오래전부터 예상했던 일이라 동물 농장에서는 미리 단단히 준비해놓고 있었다. 존스 씨 집에서 찾아낸 오래된 로마 군단 전술에 대한 책을 공부한 스노볼이 농장 방어 작전을 총지휘했다. 스노볼은 재빨리 명령을 내렸고 눈 깜짝할 사이에 모든 동물이 각자 맡은 자리에 가서 섰다.

인간들이 농장 건물들 쪽으로 슬금슬금 다가오자 스노볼은 첫 번째 공격 명령을 내렸다. 서른다섯 마리나 되는 비둘기가 한꺼번에 날아올라 인간들 머리 위로 이리저리 왔다 갔다 하며 똥을 내갈겼다. 인간들이 비둘기의 똥을 피하는 사이 이번에는 울타리 뒤에 숨어 있던 거위 떼가 달려 나와 장딴지를 마구 쪼아댔다. 하지만 이것은 조금 혼란스러운 상황을 만들어내기 위한 가벼운 전초전에 지나지 않았다. 인간들이 들고 있던 막대기를 휘둘러 거위들을 쉽게 쫓아버리자 스노볼은 두 번째 공격 명령을 내렸다. 스노볼을 선두로 뮤리엘과 벤저민 그리고 양들이 사방에서 다 같이 달려들어 인간들을 찌르고 들이받았다. 벤저민은 뒤로 돌아 작은 발굽으로 인간들을 후려갈기기도 했다. 그렇지만 막대기를 들고 징 박은 장화를 신은 인간들을 동물들이 상대하기에는 역부족이었다. 갑자기 스노볼이 꽥 하고 소리 질러 후퇴 신호를 보내자 동물들은 모두 몸을 돌려 출입문을 지나 마당으로 도망쳤다.

인간들은 승리의 환호성을 내질렀다. 그러고는 예상대로 도망치는 적들의 뒤를 정신없이 쫓기 시작했다. 스노볼이 기다리던 게 바로 이것이었다. 인간들이 모두 마당 안으로 완전히 들어서자 외양간에 숨어 있던 말 세 마리와 암소 세 마리 그리고 나머지 돼지들이 갑자기 튀어나와 인간들 뒤를 가로막았다. 그 순간 스노볼이 돌격 신호를 보냈다. 존스에게 곧장 달려든 건 다름 아닌 스노볼 자신이었다. 존스는 자신에게 달려드는 돼지를 보고 얼른 총을 들어 방아쇠를 당겼다. 탄환은 스노볼의 등을 스치고 지나가 양 한 마리를 쓰러뜨렸다. 스노볼은 등에 핏자국이 남았지만 돌진을 멈추지 않았다. 그는 무게가 100킬로그램이나 나가는 몸을 던져 존스의 다리를 들이받았다. 존스는 거름 더미 위로 넘어졌는데, 그 바람에 총을 손에서 놓치고 말았다. 무엇보다 가장 무시무시한 광경은 모두 복서의 몫이었다. 복서는 뒷다리로 곧추서서 강철 편자를 박은 거대한 발굽을 종마처럼 휘둘렀다. 그의 첫 일격은 폭스우드 농장에서 온 마구간지기 소년의 머리통에 명중했다. 소년은 정신을 잃은 채 진창 속으로 나가떨어졌다. 그 광경을 보자 몇몇 인간은 공포에 사로잡혀 들고 있던 막대기를 내팽개치고 도망치려 했다. 다음 순간 모든 동물이 한 덩어리가 되어 인간들 뒤를 쫓으며 마당 안을 돌고 또 돌았다. 인간들은 치받히고 차이고 물어뜯기고 짓밟혔다. 동물들은 각자 나름의 방식으로 복수를 감행했다. 심지어 고양이까지 갑자기 지붕에서 목동의 어깨 위로 뛰어내려 목에 발톱을 박자 목동은 끔찍한 비명을 질렀다. 마침내 도망갈 길이 열리자 인간들은 앞다퉈 마당을 빠져나가 재빨리 큰길로 달아났다. 그리하여 농장에 쳐들어온 지 오 분도 채 되지 않아 인간들은 처음 들어왔던 길을 따라 비굴하게 도망쳐 버렸다. 거위 떼가 꽥꽥거리며 그 뒤를 쫓아 도망치는 인간들의 장딴지를 쪼아댔다.

인간들은 한 명만 빼고 다 도망쳤다. 마당으로 돌아와 보니 복서가 진창 속에 얼굴을 처박고 엎어진 마구간지기 소년을 발굽으로 밀어 똑바로 눕히려 하고 있었다. 하지만 소년은 꿈쩍도 하지 않았다.

"아이가 죽었어. 그럴 생각은 조금도 없었는데 강철 편자 박은 걸 깜빡하고 말았어. 내가 일부러 그런 게 아니라고 누가 믿어줄까?"

복서가 슬픈 듯이 말했다.

"동무, 감상적인 생각은 버리시오! 전쟁은 전쟁이오. 좋은 인간이란 죽은 인간뿐이니까."

스노볼이 격한 어조로 소리를 질렀다. 그의 등에선 아까 입은 상처로 계속 피가 흐르고 있었다.

"난 누구를 해칠 생각이 전혀 없었어요. 그게 인간의 생명이라도 말이에요."

복서가 같은 말을 되풀이했다. 그때 그의 눈에는 눈물이 가득 고였다.

"그런데 몰리는 어디 갔어?"

누군가 고함을 내질렀다.

정말 몰리가 보이지 않았다. 잠깐이지만 동물들은 야단법석을 떨었다. 인간들이 몰리한테 해코지를 했거나 어딘가로 끌고 가버렸을까 봐 두려움에 떨었다. 하지만 곧 마구간의 여물통 건초 속에 머리를 처박은 채 숨어 있던 몰리를 찾아냈다. 몰리는 총이 발사되자마자 마구간으로 도망쳤다. 동물들이 몰리를 찾아낸 다음 다시 돌아와 보니 죽은 게 아니라 잠깐 기절했던 마구간지기 소년은 정신을 차리고 달아나버렸다.

홍분이 절정에 달한 동물들은 다시 한자리에 모였다. 다들 오늘 전투에서 세운 자신의 공을 소리 높여 하나씩 떠들어댔다. 그 자리에서 바로 승리를 축하하는 행사가 시작되었다. 깃발이 올라가고 〈영국의 동물들〉 노래도 여러 번 되풀이해서 불렀다. 그런 다음 전투에서 목숨을 잃은 양을 위해 엄숙하게 장례식을 치르고 그 무덤 위에는 산사나무를 심었다. 스노볼은 무덤 앞에서 필요하다면 동물 농장을 위해 모든 동물이 죽을 각오를 해야 한다고 짧은 연설을 했다.

동물들은 만장일치로 '1급 동물 영웅'이라는 무공훈장을 제정하기로 결정하고 그 자리에서 스노볼과 복서에게 수여했다. 실제로는 마구 창고에서 찾아낸 낡은 놋쇠 장식에 지나지 않았지만 어쨌든 이 훈장을 일요일과 공휴일에 달도록 했다. 또한 '2급 동물 영웅' 훈장도 제정해 죽은 양에게 사후 추서했다.

오늘 있었던 전투를 뭐라고 부를지 갑론을박이 오간 끝에 결국 숨어 있던 복병이 출동한 장소를 기려 '외양간 전투'라고 이름 붙이기로 했다. 동물들은 존스 씨의 총을 진창 속에서 끄

집어낸 뒤 그의 집에서 탄약도 찾아냈다. 총은 마치 대포처럼 깃대 아래 놓아두고는 일 년에 두 차례, 외양간 전투 기념일인 10월 12일과 반란 기념일인 6월 24일에 한 번씩 쏘기로 했다.

5

겨울이 다가오자 몰리는 점점 더 골칫거리가 되었다. 몰리는 매일 아침마다 느지막이 일하러 나와선 늦잠을 잤다고 변명을 늘어놓았다. 식욕은 누구한테도 뒤지지 않으면서 이유도 없이 몸이 아프다며 징징거리기도 했다. 온갖 핑계를 대고는 일하다 말고 도망쳐 동물들이 물을 마시는 웅덩이로 가서는 물 위에 비친 자기 모습을 멍청하게 바라보고 서 있기 일쑤였다. 그렇지만 좀 더 심각한 소문도 떠돌았다. 어느 날인가는 몰리가 기다란 꼬리를 흔들고 건초 한 줄기를 씹으며 흥겹게 마당 안으로 걸어 들어오는데, 클로버가 그런 몰리 옆에 와서 섰다.

클로버가 입을 열었다.

"몰리, 너한테 정말 중요하게 할 이야기가 있어. 오늘 아침에 보니 네가 우리 동물 농장과 폭스우드 농장 경계선에 있는 울타리 너머를 보고 있더라. 필킹턴 씨네 일꾼 하나가 그 울타리 건너편에 서 있었지. 멀리 떨어져 있었지만 내가 잘못 보았을 리는 없어. 그 일꾼이 너한테 뭐라고 말을 거니까 넌 그 사람이 네 코를 쓰다듬도록 머리를 내밀고 있었지. 몰리, 도대체 무슨 일이 있었던 거지?"

"아니에요! 난 그런 적 없어요. 그건 거짓말이에요!"

몰리는 이렇게 소리를 내지르며 펄쩍펄쩍 뛰더니 발굽으로 땅을 굴렀다.

"몰리! 나를 똑바로 쳐다봐. 그 일꾼이 네 코를 쓰다듬지 않았다고 명예를 걸고 말할 수 있어?"

"그건 거짓말이에요!"

몰리는 같은 말을 되풀이했지만 클로버의 얼굴을 똑바로 쳐다보지는 못했다. 그러고는 바로 몸을 돌려 들판으로 달아나 버렸다.

클로버는 문득 짚이는 데가 있었다. 다른 동물들한테는 아무 말도 하지 않은 채 몰리가 쓰는 마구간으로 가서 발굽으로 짚더미를 뒤져보았다. 짚더미 밑에는 작은 각설탕 무더기 그리고 여러 모양과 색깔의 리본이 몇 다발이나 감춰져 있었다.

사흘 뒤 몰리는 자취를 감췄다. 몇 주일이 지나도록 몰리가 어디로 사라졌는지 도무지 알아낼 수 없었다. 그러다 비둘기들이 윌링던 건너편에서 몰리를 보았다는 소식을 전해주었다. 어느 선술집 바깥에 붉은색과 검은색으로 칠한 작고 멋들어진 이륜마차가 서 있었는데 몰리는 그 마차에 연결된 채를 메고 서 있었다. 술집 주인처럼 보이는 얼굴이 벌겋고 뚱뚱한 남자가 장기판 무늬 반바지에 각반을 두르고 몰리한테 설탕을 먹이며 코를 쓰다듬었다. 몰리는 새로 만든 덮개를 어깨에 걸치고 앞갈기에 붉은색 리본을 매달고 있었다. 비둘기의 말로는 몰리의 표정이 아주 행복해 보였다고 했다. 그 뒤로 동물들은 다시는 몰리 이야기를 입 밖에 꺼내지 않았다.

1월이 되자 날씨가 아주 매서워졌다. 땅이 무쇠처럼 얼어붙어 들판에서는 아무 일도 할 수 없었다. 큰 헛간에서는 자주 회합이 열렸고 돼지들은 봄에 해야 할 일들을 계획하느라 정신없이 바빴다. 농장의 결정은 다수결 원칙을 따라야 하지만 다른 동물들보다 머리가 좋은 돼지들이 농장의 모든 정책을 결정해야 한다는 걸 다들 이해했다. 스노볼과 나폴레옹 사이에 갈등만 없었더라면 이런 일들이 아무 문제 없이 잘 굴러갔을지도 모른다. 두 돼지는 서로 반대할 수 있을 만한 모든 문제에서 놓치지 않고 각을 세웠다. 한쪽이 보리를 더 심자고 하면 다른 한쪽은 귀리를 더 심자고 했다. 한쪽이 이러이러한 밭이 양배추를 심기에 안성맞춤이라고 하면 다른 한쪽은 뿌리채소 말고는 다 쓸데없는 짓이라고 맞섰다. 두 돼지 모두 자신을 따르는 무리가 있었고 때로는 거친 논쟁이 오가기도 했다. 회합에서는 스노볼이 멋진 연설 솜씨로 다수의 지지를 이끌어냈지만, 나폴레옹은 알게 모르게 자신을 지지하는 세력을 끌어모으는 데 능했다. 특히 양들의 지지를 얻는 데 성공해 요즘 이 양들은 아무 때고 상관없이 "네 다리는 좋다, 두 다리는 나쁘다"며 정신없이 외쳐대곤 했다. 종종 회합도 이런 방식으로 방해했는데 특히 스노볼의 연설이 결정적인 대목에 도달하는 순간 기다렸다는 듯이 "네 다리는 좋다, 두 다리는 나쁘다"라고 외쳐대는 것이 눈에 띄었다. 스노볼은 존스의 집에서 찾아낸 〈농부와 목축업자〉라는 잡지의 지난 호들을 꼼꼼하게 살펴본 다음 혁신과 개량을 위한 계획을 잔뜩 세워두고 있었다. 스노볼은 밭의 배수와 건초의 저장 문제 그리고 비료로 사용하는 석회 같은 어려운 이야기들을 쏟아냈다. 또한 운반에 들어가는 수고를 덜기 위해 모든 동물이 날마다 밭의 서로 다른 곳에 가서 똥을 누도록 하는 복잡한 계획도 세웠다. 나폴레옹은 아무런 계획도 보여주지 않았다. 하지만 스노볼이 하는 일은 다 실패할 거라고 조용히 말하면서 때를 기다리는 것처럼 보였다. 그 모든 다툼 가운데서도 풍차 건설만큼 격렬하게 부딪친 문제는 없었다.

농장 건물에서 그다지 멀지 않은 길쭉한 직사각형의 목초지에는 이 농장에서 가장 높은 곳인 작은 언덕이 있었다. 스노볼은 그곳 지형을 살펴본 뒤 여기야말로 풍차를 세울 최적의 장소이며 그 풍차로 발전기를 돌리면 농장에 전력을 공급할 수 있다고 주장했다. 전력이 있으면 마구간에 불을 밝히고 겨울에도 따뜻하게 지낼 수 있었다. 그리고 둥근 톱이나 여물을 써는 작두, 젖 짜는 기계 등을 사용할 수도 있었다. 이 농장은 구식이라 아주 기초적인 기계 장치밖에 없어서 동물들은 이런 이야기를 처음 들었다. 그러니 그들은 한가롭게 들판을 바라보거나 독서와 대화로 마음을 가다듬는 동안 이 환상적인 기계 장치들이 자신들의 일을 대신 해줄 거라는 스노볼의 설명에 모두 깜짝 놀라며 귀를 기울였다.

몇 주 지나지 않아 스노볼의 풍차 건설 계획이 전면적으로 시작되었다. 기계와 관련된 세부 사항은 존스 씨의 집에서 찾아낸 《집에서 직접 할 수 있는 1,000가지 유용한 일》과 《스스로 하는 벽돌 공사 입문》 그리고 《초보자를 위한 전기 공사 요령》 등을 참조했다. 스노볼은 예전에 암탉들이 알을 품던 작은 헛간을 연구실로 사용했다. 그곳은 바닥이 매끄러운 나무판자로 되어 있어서 설계도를 그리는 데 편했다. 스노볼은 헛간에 한번 들어가면 몇 시간이고 나오지 않았다. 책들을 모두 펼쳐서 돌로 눌러놓은 채 발굽 관절 사이에 분필을 끼우곤 빠른 걸음으로 이리저리 움직이며 선을 그리고 또 그렸고 흥분해서 작게 꿀꿀거리기도 했다. 시간이 지나자 스노볼이 그리는 풍차 설계도는 복잡한 크랭크와 톱니바퀴 덩어리로 바뀌었고 이내 바닥의 절반 정도를 덮게 되었다. 다른 동물들이야 뭐가 뭔지 전혀 이해할 수는 없었지만 크게 감명을 받았다. 모든 동물이 적어도 하루에 한 번씩은 찾아와 스노볼의 설계도를 구경했다. 심지어 암탉과 오리도 찾아왔는데, 분필로 그린 그림을 건드리지 않으려고 몹시 애를 썼다. 오직 나폴레옹만 차가운 반응을 보였다. 나폴레옹은 처음부터 풍차 건설에 반대했다. 그렇지만 어느 날인가 예고도 없이 헛간을 찾아와 풍차 설계도를 살펴보았다. 나폴레옹은 묵직한 걸음걸이로 헛간 안을 돌아다니며 설계도를 샅샅이 살펴보고 한두 번인가는 코를 가까이 대고 냄새도 맡았다. 그러고는 잠시 서서 눈을 흘긴 채 뭔가를 생각했다. 그러다 갑자기 한쪽 다리를 들고 설계도 위에다 오줌을 싸갈기고는 한 마디 말도 없이 나가버렸다.

풍차 때문에 농장 전체에 심각한 갈등의 골이 생겼다. 스노볼도 풍차 건설이 여간 어려운 사업이 아니라는 사실을 부인하지 않았다. 돌을 날라 벽을 쌓아올려야 하고 풍차 날개도 만들어야 하며, 그 일이 끝나면 발전기와 전깃줄도 필요할 터였다. 스노볼은 이 모든 것을 어떻게 해결할지 아무런 이야기도 하지 않았다. 그렇지만 모든 일이 일 년 이내에 마무리될 거라고 줄기차게 주장했다. 스노볼은 풍차를 완성하기만 하면 엄청나게 일손이 절약되어 동물들은 일주일에 사흘만 일해도 된다고 자신 있게 말했다. 하지만 나폴레옹은 지금 가장 절실한 문제는 식량을 더 생산하는 것이며 풍차 건설 따위에 시간을 낭비하다가는 모두 굶어 죽을 것이라고 주장했다. 동물들도 저마다 "스노볼과 일주일에 사흘 노동" 그리고 "나폴레옹과 넉넉한 식량"이라는 표어 아래 둘로 나뉘었다. 벤저민 혼자만 그 어느 쪽 편도 들지 않았다. 그는 식량이 넉넉해진다는 것도, 풍차가 일손을 덜어준다는 것도 믿으려 하지 않았다. 벤저민은 풍차가 세워지거나 말거나 살아가는 일은 여전히 고생스러울 거라고 말했다.

풍차 건설 말고도 농장을 방어하는 문제가 남아 있었다. 인간들이 비록 외양간 전투에서 참패했지만 농장을 되찾고 존스 씨를 다시 주인으로 세우기 위해 예전과 다른 좀 더 단호한 시도를 할 거라는 사실은 분명했다. 게다가 인간들이 쫓겨갔다는 소식이 인근에 퍼져 이웃한 농장의 동물들이 예전보다 더욱 말을 안 듣게 되어 다시 공격해올 만한 이유가 하나 더 생긴 셈이었다. 늘 그렇듯, 스노볼과 나폴레옹은 또다시 충돌했다. 나폴레옹은 총과 같은 무기를 준비해 동물들에게 사용법을 훈련해야 한다고 주장했고, 스노볼은 더 많은 비둘기를 날려보내 다른 농장의 동물들 사이에서 반란을 선동해야 한다고 주장했다. 한쪽에서 동물들이 스스로 방어하지 못한다면 인간들에게 다시 짓밟힐 것이라고 주장하면, 다른 한쪽에서는 여러 곳에서 반란이 일어난다면 스스로 방어하는 일 따위는 아예 필요 없을 거라고 주장하는 식이었다. 동물들은 처음에는 나폴레옹의 이야기에 귀를 기울였다가 그다음에는 스노볼의 이야기를 들었다. 누가 옳은지 도무지 마음을 정할 수 없었다. 동물들은 늘 그때그때 말하는 쪽의 편을 들곤 했다.

드디어 어느 날엔가 스노볼이 풍차의 설계도를 완성했다. 돌아오는 일요일 회합에서 풍차 건설 여부를 투표로 결정하기로 했다. 동물들은 큰 헛간으로 모여들었다. 먼저 스노볼이 자리에서 일어나 이따금 양들의 울음소리에 방해받으면서도 풍차를 건설해야 하는 이유를 발표했다. 그다음 나폴레옹도 반론을 펼치려고 일어섰다. 그는 아주 조용한 목소리로 풍차 건설은 터무니없는 짓이니 아무도 그쪽에 표를 던지지 말라고 말하고는 곧바로 자리에 앉아버렸다. 이야기를 하는 데 걸린 시간은 기껏해야 삼십 초쯤 되었을까. 게다가 자신이 한 이야기가 어떤 반응을 불러올지 별로 관심이 없어 보였다. 그러자 스노볼이 자리에서 튕기듯 일어나서 또다시 매에매에 울기 시작하는 양들한테 호통을 치고는 풍차 건설을 지지해달라며 열정적인 호소를 쏟아내기 시작했다. 지금까지 동물들은 그때그때의 기분에 따라 거의 반반씩 의견이 나뉘어 있었다. 하지만 스노볼의 열변이 터져 나온 순간 그들의 눈빛은 달라졌다. 스노볼은 뛰어난 말솜씨로 동물들의 어깨에서 힘든 노동의 굴레가 사라진 동물 농장의 모습을 그려 보였다. 그의 상상력은 이제 여물이나 순무를 썰어내는 기계 따위를 훨씬 넘어선 상태였다. 전기만 있다면 탈곡기에 쟁기, 써레, 땅을 고르는 굴림대 그리고 곡물을 수확하고 묶어내는 기계까지 다 움직일 수 있었다. 게다가 스노볼은 우리마다 전등을 밝힐 수 있고 뜨거운 물과 찬물을 마음대로 쓸 수 있고 전기난로까지 사용할 수 있다고 설명했다. 그가 이런 희망적인 이야기를 마쳤을 때 투표 결과가 어디로 기울지는 묻지 않아도 뻔한 일이었다. 그렇지만 바로 그때 나폴레옹이 자리에서 일어서더니 스노볼을 기묘한 눈길로 흘겨보면서 지금까지 그 누구도 들어보지 못한 생판 다른 목소리로 날카롭게 소리를 질렀다.

이 외침을 신호로 바깥에서 끔찍하게 짖어대는 소리가 들려오더니 목에 놋쇠 징이 박힌 개목걸이를 찬 아홉 마리나 되는 커다란 개가 헛간 안으로 뛰어들었다. 개들은 곧장 스노볼한테 달려들었다. 스노볼은 무시무시하게 달려드는 개의 이빨을 겨우 피해서 그 자리를 벗어난 뒤 눈 깜빡할 사이에 문 밖으로 달아났다. 그러자 개들이 그 뒤를 쫓아갔다. 너무 놀라고 겁에 질려 아무 말도 하지 못한 채 동물들은 모두 문가로 몰려들어 개들이 스노볼을 쫓아가는 장면을 지켜보았다. 스노볼은 길가로 이어진 길쭉한 목초지를 따라 달려가고 있었다. 하지만 아무리 달려봐야 돼지는 돼지일 뿐 순식간에 개들이 스노볼의 발뒤꿈치까지 거의 따라붙었다. 그 순간 갑자기 스노볼이 미끄러졌고 이번엔 진짜로 개들한테 붙잡힐 것만 같았다. 그렇지만 스노볼은 다시 일어나 아까보다 더 빨리 달아났고 개들도 다시 그 뒤를 쫓았다. 개 한 마리가 스노볼의 꼬리까지 이빨을 들이밀었지만 그는 가까스로 꼬리를 흔들어 피했다. 그러고는 마지막 힘을 다해 간발의 차로 울타리에 난 구멍으로 빠져나가 다시는 그 모습을 보이지 않았다.

겁에 질린 동물들은 아무 말도 하지 못한 채 헛간으로 슬그머니 돌아왔다. 잠시 후에는 개들도 뛰어 돌아왔다. 처음에는 아무도 이놈들이 도대체 어디서 나타났는지 알지 못했지만 곧 그 의문이 풀렸다. 이 개들은 강아지 때 나폴레옹이 어미 개한테서 데려가 몰래 키운 놈들이었다. 아직 완전히 자라지도 않았는데 덩치가 굉장히 크고 늑대처럼 사나워 보였다. 개들은 나폴레옹 곁을 잠시도 떠나지 않았다. 예전에 다른 개들이 존스 씨에게 그랬듯이 이 개들도 나폴레옹에게 꼬리를 흔들었다.

나폴레옹은 개들을 옆에 거느리고는 예전에 메이저 영감이 연설했던 단상으로 올라갔다. 그는 지금부터는 일요일 아침 회합을 열지 않겠다고 선포했다. 그런 일들은 쓸데없는 데다 시간 낭비일 뿐이라고 했다. 나폴레옹은 앞으로 농장의 작업과 관련된 모든 문제는 돼지들의 특별 위원회에서 결정하며 자신이 직접 그 위원회를 주관할 것이라고 말했다. 이런 일들은 비밀리에 진행되며 그 이후에 돼지들이 결정한 사항을 다른 동물들에게 전달하겠노라고 했다. 또한 동물들은 계속해서 일요일 아침에 모여 동물 농장의 깃발을 우러러보고 〈영국의 동물들〉을 합창하며 그 주에 해야 할 일을 전달받겠지만 이제 토론은 할 수 없다고 덧붙였다.

동물들은 스노볼이 쫓겨난 일로 충격이 큰 데다가 이 발표를 듣고 당황하지 않을 수 없었다. 몇몇 동물은 자기주장을 펼 능력만 있었더라도 항의를 했으리라. 심지어 복서도 왠지 모르게 마음이 불안했다. 그는 귀를 뒤로 젖히고는 앞머리를 몇 번이고 흔들며 생각을 정리해보려고 애썼지만 결국 아무런 말도 떠오르지 않았다. 그렇지만 몇몇 돼지는 자신들의 태도를 분명히 밝혔다. 앞줄에 앉아 있던 젊은 식용 돼지 네 마리가 한꺼번에 자리에서 일어나 불만이 있다는 듯 날카롭게 꿀꿀거리며 입을 열기 시작했다. 하지만 나폴레옹 주위에 앉아 있던 개들이 위협이라도 하듯 묵직하게 으르렁거리자 돼지들은 입을 다물고는 다시 자리에 앉아버렸다. 그러자 양들이 어마어마하게 큰 소리로 "네 다리는 좋다, 두 다리는 나쁘다"를 외치기 시작했고 이 소리가 거의 십오 분이나 계속되어 토론을 벌일 기회조차 막아버렸다.

이 일이 있고 나서 스퀼러는 농장 안을 돌아다니며 다른 동물들에게 새로운 조치들을 설명하기 시작했다.

"동무들, 나는 이곳에 있는 모든 동물이 나폴레옹 동무가 스스로 짊어진 이 특별한 노동의 희생에 감사하고 있으리라 믿어 의심치 않습니다. 동무들, 지도자가 되는 일이 그렇게 즐거운 일이라고는 생각하지 마십시오! 지도자란 깊고도 무거운 책임을 지는 일입니다. 모든 동물이 평등하다는 사실을 나폴레옹 동무만큼 확고하게 믿는 동물은 없지요. 그분은 그저 여러분이 스스로 결정을 내릴 수 있을 때 행복을 느낄 따름입니다. 그렇지만 동무들은 때로 잘못된 결정을 내릴 수도 있습니다. 그러면 우리는 어떻게 되겠습니까? 만약 동무들이 스노볼을 따라 그 정신 나간 풍차를 건설하기로 결정했다면 어떻게 되었을지 생각해보십시오. 이제는 모두 알겠지요? 스노볼이 한낱 죄인에 불과하다는 사실을 말입니다."

그러자 누군가 이렇게 말했다.

"스노볼은 외양간 전투에서 용감하게 싸웠어요."

스퀼러가 대답했다.

"용기만으로는 충분하지 않습니다. 충성과 복종이 더욱 중요하지요. 그리고 그 외양간 전투라면, 나는 언젠가 때가 되면 우리 모두 스노볼의 역할이 크게 과장되었다는 사실을 깨달을 거라고 믿습니다. 동무들! 규율, 강철과 같은 규율을 기억하십시오. 이것이야말로 지금 우리에게 필요한 표어입니다. 한 걸음이라도 삐끗하면 적들이 우리를 짓밟을 겁니다. 동무들, 존스가 돌아오는 것을 원하지는 않겠지요, 그렇지요?"

역시나 이 질문만큼은 아무도 따질 수가 없었다. 당연히 동물들은 존스가 돌아오기를 원하지 않았다. 만일 일요일 아침에 토론을 계속하는 일이 존스를 불러들이게 된다면 그런 토론은 반드시 중단되어야 했다. 그제야 겨우 생각을 마친 복서가 모두의 기분을 대변해주는 말을 했다.

"나폴레옹 동무가 그렇게 말했다면 분명 옳은 일이겠지요."

그다음부터 복서는 "내가 좀 더 일하겠다"라는 좌우명에 "나폴레옹 동무는 언제나 옳다"를 덧붙였다.

이 무렵 날씨가 풀려 봄갈이가 시작되었다. 스노볼이 풍차 설계도를 그리던 헛간은 폐쇄되었다. 동물들은 마룻바닥에 그려놓은 설계도도 지웠을 거라고 생각했다. 매주 일요일 아침 열 시가 되면 동물들은 큰 헛간에 모여 그 주의 작업 명령을 받았다. 이제는 살점 하나 남아 있지 않은 메이저 영감의 두개골을 과수원에서 파내 깃대 아래 그루터기에 총과 나란히 놓아두었다. 깃발을 올리고 나면 동물들은 헛간으로 들어가기 전에 한 줄로 나란히 서서 경건한 자세로 이 두개골 앞을 지나가야 했다. 이제 동물들은 예전처럼 한자리에 앉지 않았다. 나폴레옹은 스퀼러 그리고 노래와 시를 짓는 데 뛰어난 재주가 있는 미니머스라는 돼지와 함께 높다랗게 마련된 연단 앞에 앉았다. 젊은 개 아홉 마리가 그 주위를 반원 그리듯 둘러앉았고 그 뒷자리에 다른 돼지들이 앉았다. 나머지 동물들은 이들을 마주

보며 헛간 한가운데 앉았다. 나폴레옹이 우락부락한 군인처럼 그 주의 작업 명령을 읽어 내려가면 동물들은 〈영국의 동물들〉을 한 번만 부른 뒤 모두 뿔뿔이 흩어졌다.

스노볼이 쫓겨난 지 세 번째 일요일이 되던 날, 나폴레옹이 결국 풍차를 건설하겠다고 발표하는 걸 듣고 동물들은 적잖이 놀랐다. 나폴레옹은 마음을 바꾼 이유를 설명해주지 않았다. 단지 동물들에게 이 새로운 임무가 아주 어려운 작업이 될 것이며, 어쩌면 매일 받는 배급량을 줄여야 할지도 모른다고 경고했다. 그렇지만 풍차 건설 계획은 마지막 상세한 부분까지 모두 준비되어 있었다. 돼지 특별 위원회가 지난 삼 주일 동안 이 일을 위해 작업해왔다고 했다. 풍차 건설은 그 밖의 다른 개량 작업과 더불어 이 년 정도 걸릴 것으로 예상되었다.

그날 저녁이 되자 스퀼러가 나타나 다른 동물들에게 사실 나폴레옹은 풍차 건설 계획을 반대한 적이 없다고 넌지시 설명해주었다. 오히려 처음 풍차 이야기를 꺼낸 쪽은 바로 나폴레옹이었다고 했다. 스노볼이 암탉들이 알을 낳는 곳으로 쓰던 헛간 바닥에 그린 풍차 설계도도 사실은 나폴레옹의 서류에서 훔쳐낸 것이라고도 했다. 그러니 풍차 건설 계획은 순전히 나폴레옹의 창작품이라는 것이다.

"그러면 왜 그처럼 강력하게 반대한 건가요?"

누군가 이렇게 묻자 스퀼러는 아주 교활한 표정을 지어 보였다.

"그만큼 나폴레옹 동무가 꾀가 많은 게 아니겠습니까?"

이게 스퀼러의 대답이었다. 나폴레옹은 위험분자이자 나쁜 영향을 미치는 스노볼을 몰아내기 위한 방법으로 풍차 건설 계획을 반대하는 '척'했다는 것이다. 스퀼러는 이런 것을 바로 전술이라 부른다고 이야기했다. 그러고는 즐거운 듯 낄낄대더니 꼬리를 흔들고 껑충껑충 뛰면서 "전술이요, 동무들. 전술이란 말이지요!"라고 같은 말을 몇 번이고 되풀이했다. 동물들은 전술이 무엇을 뜻하는지 도무지 알 수 없었다. 하지만 스퀼러의 말주변이 워낙 좋은 데다 마침 곁에 있던 개 세 마리가 위협이라도 하듯 으르렁거리자 더 이상의 질문 없이 그저 고개를 끄덕거리고 말았다.

6

그해 내내 동물들은 마치 노예처럼 일했다. 그렇지만 그들은 일하면서도 행복해했다. 어떤 노력이나 희생도 아끼지 않았다. 그들이 하는 일은 모두 자신과 자신의 뒤를 이을 자손들을 위한 것이며, 게으른 데다 도둑놈이나 다를 바 없는 인간 족속을 위한 게 아님을 잘 알고 있었기 때문이다.

봄과 여름을 거치며 동물들은 일주일에 육십 시간씩 일했다. 그리고 8월이 되자 나폴레옹은 일요일 오후에도 일을 해야 한다고 발표했다. 이 일은 엄격하게 지원자를 받았지만 누구든 여기서 빠지면 당장 배급 식량이 절반으로 줄었다. 그렇게까지 열심히 했는데도 어떤 일들은 다 끝마치지 못한 채 그대로 내버려둘 수밖에 없었다. 수확량은 지난해보다 조금 줄어들었다.

초여름에 뿌리채소를 심어야 했던 땅 두 필지는 밭갈이를 제대로 끝내지 못해 아무것도 심지 못했다. 돌아오는 겨울이 고생스러워질 거라는 건 누구라도 짐작할 수 있었다.

풍차 건설도 예상치 못한 어려움에 부딪혔다. 농장에는 아주 질 좋은 석회석 채석장이 있고 농가 별채 한 곳에 모래와 시멘트도 충분히 있었기에 풍차를 건설하는 데 필요한 재료는 다 준비된 셈이었다. 그렇지만 동물들이 처음에 맞닥뜨린 문제는 돌을 적당한 크기로 쪼개는 일이었다. 곡괭이와 쇠지레를 쓰는 것 말고는 이런 일을 할 수 있는 방법이 없었다. 그런데 어떤 동물도 뒷다리로 똑바로 일어설 수 없으니 도구들을 사용하지 못했다. 몇 주일 동안 헛수고를 거듭한 끝에야 누군가에게 적당한 생각이 떠올랐다. 바로 중력의 힘을 이용하는 것이었다. 채석장에 가보면 그대로 쓰기에는 너무 큰 바윗덩어리들이 여기저기 널려 있었다. 동물들은 이 큰 바위를 밧줄로 감은 다음 모두 힘을 합쳐 줄을 붙잡고 한 발 한 발 힘겹게 비탈길을 따라 채석장 꼭대기로 올라갔다. 암소와 말, 양, 심지어 정말 긴급한 순간에는 돼지들까지 나섰다. 그러고는 벼랑 아래쪽으로 큰 바위를 굴려 떨어뜨려 산산조각을 냈다. 그렇게 쪼개진 돌들을 운반하는 일은 그나마 쉬운 편이었다. 말들이 수레에 돌을 가득 실은 채 끌고 가면 양들은 그 돌을 하나씩 옮겼다. 심지어 뮤리엘과 벤저민도 직접 멍에를 짊어지고는 낡은 이륜마차로 돌을 날라 자기들 몫을 다했다. 여름이 다 지나갈 무렵, 돌을 충분히 모으자 돼지들의 관리 감독으로 풍차를 건설하기 시작했다.

풍차 건설은 지루하고도 힘든 과정이었다. 동물들이 온 힘을 다해도 바윗덩어리 하나를 채석장 꼭대기까지 끌고 가는 데 하루가 다 걸리곤 했다. 때로는 그렇게 끌고 올라간 바위를 굴려 떨어뜨렸는데도 생각과 달리 쪼개지지 않기도 했다. 더군다나 복서가 없었더라면 어떤 일도 제대로 할 수 없었을 것이다. 복서의 힘은 다른 동물들의 힘을 모두 합친 것과 맞먹을 정도였다. 끌고 가던 바위가 미끄러져서 동물들이 언덕 아래로 같이 끌려가며 절망의 비명을 지를 때면 언제나 복서가 밧줄을 끌어당겨 버티면서 바위가 미끄러지지 않도록 했다. 복서가 숨을 거칠게 몰아쉬며 발굽 끝으로 땅바닥을 긁고 거대한 옆구리가 땀으로 범벅인 채 한 걸음 한 걸음 비탈길을 올라가는 모습을 보면 다들 놀라며 감탄해 마지않았다. 클로버가 이따금 복서에게 너무 과로하지 말고 조심하라며 충고했지만 그는 이 말을 귀담아듣지 않았다. 복서에겐 자신의 두 가지 좌우명 "내가 좀 더 일하겠다"와 "나폴레옹 동무는 언제나 옳다"가 모든 어려움을 이겨낼 충분한 대답처럼 생각되었다. 복서는 지금까지 수탉에게 아침에 삼십 분 더 일찍 깨워달라고 했는데 이제 사십오 분 더 일찍 깨워달라고 부탁했다. 그리고 요즘은 그럴 시간도 거의 없었지만 어쨌든 휴식 시간에도 혼자 채석장에 나가 깨진 돌덩이들을 모은 뒤 누구의 도움도 없이 풍차를 세울 곳으로 끌고 갔다.

그해 여름, 일은 비록 힘들었지만 동물들은 크게 곤란한 상황을 겪지 않았다. 존스 시절보다 식량이 더 넉넉하지는 않았지만 모자라지도 않았다. 다섯이나 되는 얼토당토않은 인간들을 먹여 살려야 하는 대신 그저 자기들 입만 챙기면 된다는 점은 아주 유리하게 작용해 거듭되는 실패도 충분히 이겨낼 수 있었다. 그리고 여러 측면에서 동물들이 일하는 방식이 더 효율적이고 일손도 절약할 수 있었다. 예를 들어 잡초 뽑는 일 같은 건 인간이라면 도저히 할 수 없을 정도로 철저하게 해치웠다. 또한 앞서도 이야기했지만 이제는 뭘 훔치는 동물이 하나도 없어서 경작지와 목초지 사이에 울타리를 칠 필요도 없었다. 따라서 그런 울타리나 문을 만들고 유지하는 데 들어가던 많은 일손을 절약할 수 있었다. 그런데도 여름이 끝나갈 무렵이 되자 동물들은 예상치 못했던 부족한 물건이 하나둘 생겼다. 등잔에 쓰는 기름이나 못, 끈, 개 비스킷, 말의 편자를 만드는 쇠 등은 농장에서 만들어낼 수 없는 물건이었다. 시간이 좀 더 지나고 나면 종자와 화학 비료는 물론 다양한 공구와 풍차를 위한 기계 설비도 필요해질 터였다. 하지만 이런 것들을 다 어떻게 구해야 할지 아무도 알지 못했다.

어느 일요일 아침, 동물들이 작업 명령을 받으러 모이자 나폴레옹은 새로운 정책을 결정했다고 알렸다. 이제부터 동물 농장은 이웃한 농장들과 거래를 시작하겠다고 했다. 물론 상업적인 이익을 위해서가 아니라 단지 급하게 필요한 특정 물자를 조달하기 위해서였다. 나폴레옹은 풍차 건설의 필요성이 다른 모든 문제에 앞선다고 주장했다. 따라서 건초 한 더미와 올해 수확한 밀의 일부를 판매하는 작업을 진행하고 있으며, 만약 나중에라도 돈이 좀 더 필요하게 되면 그때는 달걀을 팔아서라도 마련할 거라고 했다. 윌링던에는 항상 장이 열려서 판매에는 문제가 없었다. 나폴레옹은 암탉들에게 풍차를 건설하려면 이런 특별한 희생을 기꺼이 받아들여야 한다고 덧붙였다.

또다시 동물들은 막연한 불안감을 느낄 수밖에 없었다. 인간들과는 절대로 어떤 거래도 하지 않고, 매매도 하지 않는다. 절대로 돈을 사용하지 않는다. 이것들은 동물들이 존스를 쫓아낸 후 처음 열었던 승리의 회합에서 가장 먼저 정했던 결의가 아닌가? 동물들은 모두 이 결의가 통과되었던 걸 기억하고 있었다. 아니, 적어도 자신들이 기억하고 있다고 생각했다. 나폴레옹이 동물 회합을 폐지했을 때 저항하려 했던 젊은 돼지 네 마리가 두려움에 떨면서도 뭐라고 이야기하려 했으나 개들이 무시무시하게 으르렁거리자 바로 입을 다물고 말았다. 그러자 언제나 그렇듯 양들이 일제히 "네 다리는 좋다, 두 다리는 나쁘다"를 외치기 시작했고 잠시나마 어색했던 분위기가 다시 부드러워졌다. 마침내 나폴레옹은 앞발을 들어 동물들을 조용히 시켰고 거래를 위한 모든 작업을 이미 마쳤다고 선언했다. 그는 어떤 동물도 인간과 마주해야 할 필요는 없으며 이것이야말로 가장 내키지 않는 일임이 분명하기에 그 짐을 자기 혼자 짊어질 작정이라고 했다. 또한 윌링던에 사는 사무 전문 변호사 윔퍼 씨가 동물 농장과 바깥세상을 이어주는 중개인 역할을 맡기로 해 매주 월요일 아침에 농장을 찾아와 나폴레옹의 지시를 받아 갈 거라고 했다. 나폴레옹은 늘 그렇듯 "동물 농장 만세!"라고 외치며 연설을 마무리했고 동물들은 〈영국의 동물들〉을 합창한 후에 자기 자리로 돌아갔다.

그런 뒤에 스퀼러가 농장을 돌아다니며 동물들의 마음을 달래주었다. 스퀼러는 인간들과 거래를 하지 않고 돈을 사용하지 않는다는 결의는 애초에 나온 적이 없으니 통과된 적도 없다고 확인해주었다. 그런 건 그저 상상에 불과하며 어쩌면 애초부터 스노볼이 퍼뜨린 거짓말에서 그런 이야기가 시작되었을지도 모른다고 했다. 동물들 가운데 일부가 여전히 남은 의심을 풀지 않자 스퀼러는 그들에게 날카롭게 물었다.

"동무들, 꿈을 꾼 것이 아니라는 게 확실한가요? 그런 결의가 있었다는 기록이라도 남아 있나요? 아니면 어디다 적어두기라도 한 건가요?"

그런 기록이 어디에도 없다는 건 분명한 사실이었으므로 동물들은 자신들이 잠깐 착각한 것이라고 믿었다.

매주 월요일이면 약속한 대로 윔퍼 씨가 농장을 찾아왔다. 윔퍼 씨는 구레나룻을 기르고 교활하게 생긴 작달막한 남자로 사무 변호사로서는 영 신통치가 못했다. 하지만 누구보다 눈치가 빨라 동물 농장에 중개인이 필요하고 그 수수료가 만만치 않으리라는 사실을 알아차렸다. 동물들은 윔퍼 씨가 농장을 들고 나는 모습을 두려운 마음으로 바라보았고 될 수 있으면 그를 피했다. 하지만 네 발로 선 나폴레옹이 두 발로 선 윔퍼에게 명령을 내리는 모습은 동물들의 자존심을 높여주었으며, 이 새로운 일들을 어느 정도 받아들이려는 마음이 생겨났다. 동물과 인간의 관계도 이제 예전하고는 달라졌다. 물론 동물 농장이 잘되어나가는 모습을 본 인간들의 적개심은 여전히 줄어들지 않았다. 오히려 그 어느 때보다도 미움이 컸다. 인간들은 동물 농장이 얼마 지나지 않아 주저앉고 말 거라고 믿었는데, 무엇보다 풍차 건설을 믿지 않는 마음이 가장 컸다. 인간들은 선술집에서 만나면 서로 그림까지 그려가며 풍차 건설이 실패로 돌아갈 것이고 혹시나 풍차가 세워진다 해도 절대 제대로 움직이지 않을 것이라고 장담했다. 그러면서도 인간들은 효율적으로 일을 처리해가는 동물들에게 자신의 의지와는 상관없이 어떤 존경심 비슷한 것을 품게 되었다. 그들이 농장을 장원 농장이라는 이름 대신 동물 농장이라고 정식으로 부르기 시작한 것도 그런 분위기를 반영했다고 할 수 있다. 또한 다른 인간들이 존스 씨를 편들던 모습도 더는 볼 수가 없었다. 존스는 자신의 농장을 되찾는 일을 포기하고 이미 다른 곳으로 떠났다. 변호사 윔퍼 씨를 제외하고는 여전히 동물 농장과 바깥세상 사이에는 어떤 교류도 없었다. 하지만 나폴레옹이 폭스우드 농장의 필킹턴 씨나 핀치필드 농장의 프레더릭 씨와 중요한 사업적 합의를 할 것이라는 소문이 끊임없이 나돌았다. 그렇더라도 두 농장과 한꺼번에 교류하는 일은 절대 없을 것이라고 알려졌다.

이 무렵 돼지들은 갑자기 존스 씨가 살던 집 안으로 옮겨가더니 그곳을 자신들의 거처로 삼았다. 이번에도 동물들은 예전에 이런 일을 금지하는 결의가 있었다는 기억이 떠오르는 듯했다. 하지만 스퀼러는 이번 일은 그런 경우에 해당하지 않는다고 동물들을 설득했다. 스퀼러의 말로는 농장의 두뇌 역할을 하는 돼지들에게는 조용히 일할 수 있는 장소가 절대적으로 필요하다고 했다. 또한 평범한 돼지우리가 아닌 집 안에 사는 게 지도자의 위엄에도 더 잘 어울린다고 했다. 요즘 들어 스퀼러는 나폴레옹을 '지도자'라는 이름으로 부르기 시작했다. 그렇지만 돼지들이 부엌에서 밥을 먹고 거실을 휴게실로 사용할 뿐 아니라 침대에서 잠을 잔다는 소식이 전해지자 어떤 동물들은 혼란을 느꼈다. 이때도 복서는 "나폴레옹 동무는 언제나 옳다!”라는 구호를 외치며 이 일을 그냥 넘겼다. 하지만 클로버는 침대에서 잠을 자서는 안 된다는 규율이 있었다는 것을 떠올리고는 헛간으로 가서 벽에 적힌 동물 칠 계명을 읽어보려고 애썼다. 하지만 글자 하나하나만 겨우 읽을 뿐 그 뜻은 알 수 없었던 클로버는 뮤리엘을 데려왔다.

클로버가 말했다.

“뮤리엘, 네 번째 계명을 읽어줘요. 절대로 침대에서 자면 안 된다고 쓰여 있지 않아요?”

뮤리엘은 끙끙대다가 겨우 네 번째 계명을 읽었다.

“저긴 ‘어떤 동물도 인간의 침대에서 이불을 덮고 잠을 자서는 안 되느니라’라고 쓰여 있네요.”

클로버는 ‘그것 참 이상한 일이네’라고 생각했다. 그는 아무리 생각해봐도 네 번째 계명에 이불이라는 말이 있었는지 기억나지 않았다. 하지만 헛간 벽에 그렇게 새겨져 있다면 분명 그런 것이리라. 마침 개 두세 마리를 이끌고 그곳을 지나가던 스퀼러가 이 모든 문제를 적절하게 설명해주었다.

“동무들, 우리 돼지들이 이제 존스의 집에 들어가 침대에서 잔다는 소식을 들었겠군요. 그런데 뭐가 잘못됐나요? 침대를 금지하는 규율 같은 게 있었다고 생각하지는 않겠지요? 침대란 단순히 잠을 자기 위한 장소일 뿐입니다. 외양간의 짚더미도 엄밀하게 말하면 침대인 거죠. 규율은 인간의 발명품인 이불을 금지하는 겁니다. 우리 돼지들은 집 안 침대에서 이불을 다 치워 버렸어요. 그리고 담요 더미 사이에서 잡니다. 그것도 아주 편안한 잠자리이긴 하더군요! 그렇지만 동무들, 내가 장담하는데 우리에게 필요한 이상의 편안한 잠자리는 아닙니다. 우리가 요즘 해야만 하는 모든 정신노동에 비한다면 말이죠. 동무들은 우리한테서 휴식을 빼앗아가려는 건 아니겠지요? 우리가 너무 피곤해서 의무를 제대로 수행하지 못하게 할 생각은 없겠지요? 당연히 동무들 가운데 그 누구도 존스가 다시 돌아오기를 바라는 자는 없을 테니까요."

동물들은 스퀼러에게 절대 그렇지 않다고 다짐했으며 돼지들이 존스의 집으로 들어가 침대에서 자는 문제도 더는 이야기를 꺼내지 않았다. 그리고 며칠이 지난 뒤, 이제부터 돼지들은 다른 동물들보다 아침에 한 시간 더 늦게 일어날 거라는 발표가 있었을 때도 동물들은 아무런 불만을 드러내지 않았다.

가을이 되자 동물들은 지쳤으나 그래도 행복했다. 동물들은 고생스러운 한 해를 보냈다. 건초와 곡물의 일부를 팔고 난 뒤에는 겨울을 나는 데 필요한 식량도 충분하다고 할 수 없었다. 하지만 풍차가 이 모든 것을 보상해주었다. 이제 풍차는 거의 완성되었다. 추수를 마친 뒤 건조하고 맑은 날씨가 한동안 계속되었고 동물들은 그전보다 더 열심히 일했다. 동물들은 그렇게 해서 벽을 한 자라도 더 높이 올릴 수만 있다면 온종일 돌을 끌고 나른다 해도 가치 있는 일이라고 생각했다. 복서는 심지어 한밤중에도 밖으로 나와 가을 보름달 아래서 한두 시간 정도 더 일했다. 잠깐씩 시간이 비면 동물들은 반 정도 완성된 풍차 주변을 빙빙 돌면서 수직으로 솟아 있는 단단한 벽에 감탄했다. 또한 자신들이 이런 위풍당당한 건물을 세울 수 있다는 게 믿기지 않는다는 표정을 지어 보이기도 했다. 오직 늙은 당나귀 벤저민만이 풍차에 열광적인 관심을 보이기를 거부하며 늘 그렇듯 당나귀는 오래 산다는 수수께끼 같은 말만 내뱉을 뿐이었다.

무시무시한 남서풍이 불어닥치더니 11월이 되었다. 시멘트를 반죽하기에 날이 너무 눅눅해서 풍차 건설을 잠시 중단할 수밖에 없었다. 그러다가 마침내 어느 날 밤 돌풍이 거세게 불어와 농장 건물들이 흔들리고 헛간 지붕에 얹어둔 기와 몇 장이 날아가 떨어졌다. 암탉들은 멀리서 총소리가 들리는 꿈을 꾸고는 두려움에 질려 꼬꼬댁거리며 잠에서 깨어났다. 아침이 되어 동물들이 우리 밖으로 나가보니 깃대는 부러졌고 과수원 입구에 있던 느릅나무는 뽑힌 무처럼 나가 떨어져 있었다. 이런 모습을 보고 있던 동물들의 목구멍 속에서 절망적인 비명이 터져 나왔다. 그들의 눈앞에 끔찍한 장면이 펼쳐져 있었다. 풍차가 박살이 나 있었던 것이다.

동물들은 한 덩어리가 되어 풍차 쪽으로 달려갔다. 웬만해서는 걷는 것 이상으로 빨리 움직이지 않는 나폴레옹이 가장 앞에서 달려갔다. 그랬다. 동물들이 그토록 고생해서 얻어낸 결과물이 원래의 토대까지 무너져 있었고, 그처럼 애써서 쪼개고 날랐던 돌들은 사방에 흩어져 있었다. 처음에는 다들 아무 말도 하지 못하고 그저 박살이 난 돌무더기를 슬픔에 잠긴 채 바라볼 뿐이었다. 나폴레옹은 말없이 왔다 갔다 하면서 이따금 땅에 코를 대고 킁킁거렸다. 나폴레옹의 꼬리가 빳빳해지고 좌우로 씰룩거렸는데, 이는 그가 격렬한 정신 활동을 하고 있다는 표시였다.

드디어 나폴레옹이 조용히 말했다.

"동무들, 누가 이런 일을 저질렀는지 알겠소? 한밤중에 몰래 이곳으로 와서 우리 풍차를 박살낸 적이 누구인지 알겠느냐 말이오!"

나폴레옹이 갑자기 천둥처럼 고함을 내질렀다.

"그건 바로 스노볼이오! 스노볼이 이렇게 한 거요! 이 배신자는 앙심을 품고 우리 계획을 물거품으로 만들고 자기가 당한 굴욕적인 추방에 복수하려고 어둠을 틈타 이곳으로 기어들어와서 일 년 가까이 걸린 우리 작업을 망친 것이오. 동무들, 이제 나는 스노볼에게 사형 선고를 내리겠소. 누구든 그 배신자를 재판에 세우는 자에게는 2급 동물 영웅 칭호와 사과 반 자루를 내리겠소. 스노볼을 산 채로 잡아온다면 사과 한 자루요!"

동물들은 스노볼이 그런 일을 저질렀다는 이야기를 듣고 이루 말할 수 없이 큰 충격에 빠졌다. 그들은 분노에 차 고함을 질러댔고 스노볼이 다시 돌아온다면 그를 붙잡을 방법을 궁리하기 시작했다. 얼마 지나지 않아 언덕에서 조금 떨어진 풀밭에서 돼지 발자국이 발견되었다. 그 발자국은 고작해야 몇 미터 정도만 이어져 있었을 뿐이지만 울타리에 난 구멍으로 연결되어 있었다. 나폴레옹은 발자국 냄새를 열심히 맡더니 역시 스노볼이 맞다고 선언했다. 그는 스노볼이 폭스우드 농장 쪽에서 왔다고 말했다.

발자국 확인을 마친 나폴레옹이 소리쳤다.

"동무들, 더는 지체할 시간이 없소! 해야 할 일이 있소. 바로 오늘 아침부터 우리는 풍차를 다시 건설할 것이오. 맑은 날이건 비가 오는 날이건 겨울 내내 일을 멈추지 않겠소. 그 비열한 반역자에게 우리 일을 그리 쉽게 망칠 수 없다는 사실을 가르쳐줘야 하오. 동무들, 기억하시오. 우리 계획에 변경이란 있을 수 없소. 승리의 그날까지 오직 실천뿐이오. 전진하시오, 동무들! 풍차 만세! 동물 농장 만세!"

7

겨울은 혹독했다. 폭풍우가 몰아치고 나더니 이번에는 눈과 진눈깨비가 내렸고 지독한 서리까지 내려 2월로 접어들 때까지 녹지 않았다. 동물들은 온 힘을 다해 풍차를 다시 건설하는 일에 매달렸다. 농장의 바깥세상에서 자신들을 지켜보고 있으며, 만일 풍차를 제때 완성하지 못하면 시기심 많은 인간들이 승리감으로 기뻐 날뛰리라는 것을 동물들도 잘 알고 있었다.

악의에 찬 인간들은 스노볼이 풍차를 박살냈다는 사실을 믿지 않으려 했다. 그들은 풍차 벽이 너무 얇아서 무너져내린 것이라고 말했다. 동물들은 그렇지 않다는 것을 알고 있었다. 그래도 그전에는 오십 센티미터 두께였던 벽을 이번에는 일 미터로 만들기로 결정했다. 다시 말해 훨씬 더 많은 돌이 필요하다는 뜻이었다. 채석장은 아주 오랫동안 눈더미에 파묻혀 있어서 아무 일도 할 수 없었다. 그 뒤 이어진 춥고 건조한 날씨에도 작업이 조금 진행되기는 했지만 그것은 잔인하리만큼 고통스러운 일이었다. 동물들은 예전과 같은 희망을 품을 수 없었다. 그들은 늘 춥고 배가 고팠다. 오직 복서와 클로버만이 결코 용기를 잃지 않았다. 스퀼러는 봉사의 즐거움과 노동의 긍지를 강조하는 훌륭한 연설을 했다. 하지만 동물들은 이 연설보다 복서의 힘과 "내가 좀 더 일하겠다"라는 변함없는 외침에서 더 큰 감동을 받았다.

1월이 되자 식량이 떨어졌다. 곡물 배급은 눈에 띌 정도로 줄어들었고 그 대신 특별히 감자를 배급하겠다는 발표가 나왔다. 하지만 그 이후 저장해둔 감자 더미가 대부분 얼어붙었다는 사실을 알게 되었다. 그 위에 흙이나 짚을 충분히 덮어 추위를 막아주지 못했기 때문이다. 감자는 물러지고 색깔도 변해 먹을 수 있는 게 몇 개 되지 않았다. 동물들은 며칠씩이나 왕겨와 풀뿌리만 먹으면서 버텼다. 굶어 죽을 수도 있다는 두려움이 코앞까지 몰려왔다.

이러한 사실을 바깥세상이 알지 못하도록 감춰야만 했다. 풍차가 무너지는 것을 보고 자신감을 얻은 인간들은 동물 농장에 대한 새로운 거짓말들을 만들어내기 시작했다. 또다시 동물 농장의 모든 동물이 굶주림과 질병으로 죽어가고 있으며 자기들끼리 싸움도 그치지 않아 서로 잡아먹거나 새끼들을 잡아 먹으면서 버틴다는 소문이 떠돌았다. 나폴레옹은 농장의 식량 사정에 대한 진실이 알려지면 좋지 않은 결과가 뒤따를 것임을 잘 알고 있었다. 그래서 윔퍼 씨를 이용해 그와 반대되는 선전을 퍼뜨리기로 결심했다. 지금까지 동물들은 매주 윔퍼가 농장을 찾아올 때 거의, 아니 아예 그와 마주치는 일이 없었다. 그런데 대부분 양으로 이루어진 특별히 뽑힌 동물들에게 지시를 내려 윔퍼가 듣는 데서 식량 배급이 더 늘어났다는 이야기를 일부러 흘리도록 했다. 그뿐 아니라 헛간에 있는 빈 뒤주에 모래를 가득 채운 다음 그 위를 알곡과 곡식 가루로 덮으라는 지시를 내렸다. 그러고는 적당한 핑계를 대고 윔퍼를 헛간으로 데려가 뒤주를 슬쩍 보게끔 했다. 윔퍼는 여기에 속아 넘어가 바깥세상에다 동물 농장은 절대로 식량이 부족하지 않다는 소식을 계속해서 전했다.

그런데도 1월이 다 지날 무렵이 되자 다른 곳에서 식량을 구해와야만 한다는 사실이 분명해졌다. 요즘 나폴레옹은 동물들 앞에 모습을 거의 드러내지 않고 대부분의 시간을 존스의 집 안에서 보냈으며 문마다 사나워 보이는 개들이 지키고 있었다. 나폴레옹이 모습을 드러내면 특별한 의식이 준비되었고, 개 여섯 마리가 그를 둘러싸고는 누구든 가까이 다가오면 으르렁거렸다. 심지어 나폴레옹은 일요일 아침에도 모습을 드러내지 않는 경우가 많았다. 하지만 그가 내리는 명령은 다른 돼지들, 보통은 스퀼러가 대신 전달했다.

어느 일요일 아침, 스퀼러는 이제 겨우 다시 알을 낳게 된 암탉들에게 달걀을 바쳐야 한다고 발표했다. 나폴레옹이 윔퍼를 통해 매주 달걀 사백 개를 판매하기로 계약을 체결했던 것이다. 이렇게 얻은 수익으로는 여름이 되어 상황이 나아질 때까지 농장을 꾸려나갈 수 있도록 곡식이며 식량을 사들일 것이라고 했다.

이 말을 들은 암탉들은 끔찍한 비명을 내질렀다. 그들은 일찌감치 이런 희생이 필요할 것이라는 경고를 들었지만 정말로 그렇게 되리라고는 아무도 믿지 않았다. 암탉들은 봄에 병아리를 까기 위해 막 알 품을 준비를 하고 있었기에 지금 달걀을 빼앗아가는 것은 살육이라고 따졌다. 존스가 쫓겨난 이후 처음으로 반란 비슷한 일이 일어났다. 검은색 미노르카종 젊은 암탉 세 마리의 선동으로 암탉들은 나폴레옹의 계획을 막으려는 노력을 감행했다. 이들이 택한 방법은 서까래 위로 날아올라가 거기서 알을 낳는 것이었다. 당연히 알들은 바닥으로 떨어져 박살이 났다. 그러자 나폴레옹은 신속하고도 무자비한 조치를 취했다. 그는 암탉들에게 주는 배급을 중단시켰으며, 이들에게 곡식 한 톨이라도 주는 자는 어떤 동물이라도 죽음을 면치 못하리라고 선포했다. 이 명령이 지켜지는지 감시하는 것은 개들의 몫이었다. 암탉들은 닷새를 버텼지만 마침내 항복하고 둥지로 사용하는 상자로 돌아왔다. 그러는 동안 죽은 암탉이 모두 아홉 마리나 되었다. 죽은 암탉들은 과수원에 묻혔고 전염병으로 죽었다는 사실이 발표되었다. 윔퍼는 이런 사정을 전혀 알지 못했으며 달걀은 약속대로 식료품점 마차가 일주일에 한 번씩 농장을 찾아와 싣고 갔다.

그러는 동안에도 스노볼의 행적은 여전히 오리무중이었다. 폭스우드나 핀치필드 농장 어딘가에 숨어 지낸다는 소문만 돌았다. 이 무렵 나폴레옹은 다른 농부들과의 사이가 예전에 비해 조금 더 좋아졌다. 마침 농장 마당에는 10년 전 너도밤나무 숲을 정리하면서 쌓아둔 목재 더미가 있었다. 아주 쓸 만한 목재여서 윔퍼는 나폴레옹에게 그것들을 팔라고 권했다. 필킹턴 씨도, 프레더릭 씨도 목재를 탐냈다. 나폴레옹은 두 사람 중 누구에게 팔지 마음을 정하지 못하고 주저했다. 거의 프레더릭에게 팔아넘길 때쯤 되면 스노볼이 폭스우드 농장에 숨어 있다는 소문이 들려왔고, 필킹턴 쪽으로 마음이 기울면 이번에는 스노볼이 핀치필드에 있다는 말이 들려왔다.

이른 봄이 되자 갑자기 놀라운 사실이 밝혀졌다. 스노볼이 아무도 몰래 밤마다 농장을 드나들고 있었다는 것이다! 동물들은 너무 불안해서 잠도 제대로 자지 못했다. 스노볼이 매일 밤 어둠을 틈타서 농장 안으로 숨어 들어와 온갖 나쁜 짓을 저

지르고 다닌다는 소문이 삽시간에 퍼져나갔다. 스노볼이 곡식을 훔치고 우유 통을 뒤집어엎었으며 달걀들을 깨뜨렸다. 스노볼이 모판을 짓밟아 뭉개고 과일나무 껍질을 벗겨 씹어댔다. 뭐든 일이 잘못되기만 하면 대개는 스노볼이 저지른 일이 되었다. 유리창이 깨져 있거나 하수도가 막히면 누군가가 어김없이 나서서 스노볼이 한밤중에 찾아와 그렇게 한 것이라고 말했다. 저장 창고의 열쇠가 없어졌을 때도 다들 스노볼이 그 열쇠를 우물 속에 던져버린 것이라고 굳게 믿었다. 이상한 일이지만 그 잃어버렸다던 열쇠가 곡식 자루 밑에서 발견된 뒤에도 동물들은 계속해서 그렇게 믿었다. 암소들은 너나 할 것 없이 스노볼이 외양간으로 몰래 들어와 자신들이 자고 있는 사이에 젖을 짜냈다고 한 목소리로 주장했다. 그해 겨울 말썽이 많았던 쥐들이 스노볼과 한패라는 말까지 나왔다.

나폴레옹은 스노볼의 행적을 전면적으로 조사해야 한다고 선포했다. 그는 개들을 거느리고 직접 농장 건물 시찰에 나섰고 다른 동물들은 존경하는 마음으로 적당한 거리를 두고 그 뒤를 따랐다. 나폴레옹은 몇 걸음마다 가던 길을 멈추고는 땅에 코를 대고 스노볼의 발자국 흔적을 찾았다. 자신은 냄새로 적을 추적할 수 있다고 말하면서 말이다. 나폴레옹은 헛간과 외양간, 닭장, 푸성귀 밭 구석구석의 냄새를 맡고 대부분 장소에서 스노볼의 흔적을 찾아냈다. 나폴레옹은 삐죽 튀어나온 주둥이를 땅바닥에 대고는 몇 차례 깊숙이 숨을 들이마시더니 곧 무시무시한 목소리로 고함을 질러댔다.

"스노볼! 스노볼이 여기 왔군! 나는 그놈 냄새를 똑똑히 맡을 수 있다고!"

'스노볼'이라는 단어가 나오자 개들은 모두 피가 얼어붙을 것 같은 소리로 으르렁거리며 이빨을 드러냈다.

동물들은 완전히 두려움에 빠졌다. 동물들에게는 스노볼이 마치 어떤 눈에 보이지 않는 힘처럼 자신들 주변의 공기를 물들이고 온갖 종류의 나쁜 짓으로 위협을 가하는 것처럼 느껴졌다. 저녁이 되자 스퀼러는 동물들을 모아놓고는 짐짓 놀란 표정으로 아주 심각한 소식을 전달하겠다고 말했다.

스퀼러는 신경질적으로 껑충껑충 뛰면서 악을 써댔다.

"동무들! 지금 막 끔찍한 소식이 들어왔습니다. 스노볼이 핀치필드 농장의 프레더릭에게 자신을 팔아넘겼다는 소식입니다. 프레더릭은 이제 우리를 공격하고 농장을 빼앗으려는 음모까지 짜고 있다는 겁니다. 공격이 시작되면 스노볼은 프레더릭의 앞잡이 노릇을 하게 되겠죠. 그렇지만 그보다도 더 나쁜 소식이 있습니다. 우리는 스노볼의 반란이 그저 그의 허영심과 야망에서 비롯된 것이라고만 생각했습니다. 하지만 동무들, 우리가 잘못 알고 있었습니다. 스노볼이 왜 그랬는지 진짜 이유를 알고 있나요? 스노볼은 처음부터 존스와 한패였던 겁니다! 그놈은 줄곧 존스의 숨은 하수인이었지요. 놈이 남기고 달아났던 문서를 이제야 찾아냈는데 거기에 모든 것이 나와 있었어요. 이걸로 많은 일이 설명될 수 있을 겁니다. 외양간 전투에서 놈이 우리를 패배시키고 파멸시키려고 했던 걸 직접 우리 눈으로 보지 않았습니까? 천만 다행히도 실패로 돌아가기는 했지만 말입니다."

동물들은 너무 놀라 정신을 차릴 수 없는 지경이었다. 이거야말로 스노볼이 풍차를 박살낸 일보다도 훨씬 더 흉악한 짓거리였다. 그렇지만 이 사태를 완전히 파악하는 데는 얼마간 시간이 걸렸다. 동물들은 모든 것을 기억했다. 아니, 기억하고 있다고 생각했다. 그들의 기억 속에서 스노볼은 외양간 전투에서 가장 먼저 인간들에게 달려들었고, 늘 동물들을 하나로 모으며 격려를 아끼지 않았으며, 존스가 쏜 총알에 등을 맞고도 한순간도 주저하지 않았다. 처음에는 자신들이 두 눈으로 보았던 이런 모습들과 스노볼이 사실은 존스의 하수인이었다는 사실이 어떻게 아귀가 맞아떨어지는지 이해하기가 조금 어려웠다. 심지어 거의 질문 같은 건 하지 않는 복서조차도 뭐가 뭔지 도무지 알 수가 없었다. 복서는 앞다리를 몸통 아래 깔고 앉아서 자신의 생각을 가다듬어보느라 무진 애를 썼다.

복서가 마침내 입을 열었다.

"나는 그 사실을 믿을 수가 없어요. 스노볼은 외양간 전투에서 용감하게 싸웠어요. 그걸 내 눈으로 직접 보았지요. 우리는 전투가 끝나자마자 그에게 1급 동물 훈장까지 주었잖아요."

그러자 스퀼러가 말했다.

"동무, 그건 우리 실수였습니다. 이제 우리는 다 알고 있습니다. 우리가 찾아낸 비밀 문서에 모든 것이 적혀 있으니까요. 사실은 우리를 꾀어내 다 망하게 하려는 속셈이었던 겁니다."

복서가 다시 한 번 스노볼을 두둔했다.

"그렇지만 스노볼은 부상을 입었어요. 우리 모두 그가 피 흘리는 걸 보았잖아요."

그러자 스퀼러가 소리를 질러댔다.

"그것도 놈의 술책 가운데 하나였습니다! 존스가 쏜 총알은 스노볼을 그저 스쳐가기만 했을 뿐입니다. 동무가 읽을 수만 있다면 놈이 직접 쓴 기록을 보여줄 수도 있어요. 원래 계획은 아주 급박한 순간에 스노볼에게 신호를 주어 도망가도록 하고 농장을 적들의 손에 넘겨주는 것이었죠. 그리고 거의 성공할 뻔했습니다. 동무들, 나는 우리의 영웅적 지도자인 나폴레옹 동무가 아니었다면 놈은 정말 성공할 뻔했다고 말하고 싶은 겁니다. 존스와 그 일당이 농장 마당 안쪽으로 들어왔던 바로 그 순간에 스노볼이 갑자기 몸을 돌려 달아나고 동물들이 그 뒤를 따랐던 일이 기억나지 않나요? 그리고 바로 그 순간 공포감에 휩싸여 모든 게 끝장이 나려 할 때 나폴레옹 동무가 '인간에게 죽음을!'이라고 울부짖으며 존스의 한쪽 다리에 이빨을 박아넣은 일도 기억나지 않나요? 동무들, 분명 그 모습을 기억하고 있을 테죠?"

스퀼러가 이리저리 날뛰고 흥분해서 악을 써대며 그때의 장면을 생생하게 설명하자 동물들은 정말 그런 일이 기억나는 것 같았다. 어쨌든 이제 동물들은 외양간 전투에서 아주 급박했던 순간에 스노볼이 몸을 돌려 달아났던 모습을 기억하게 되었다. 그렇지만 복서는 여전히 마음이 편치 않았다.

마침내 복서는 이렇게 말했다.

"나는 스노볼이 처음부터 반역자는 아니었다고 믿어요. 그때 이후로 한 일은 다를지도 모르겠어요. 그렇지만 외양간 전투에서는 좋은 동무였어요."

그러자 스퀼러는 아주 천천히, 하지만 단호한 목소리로 이렇게 선포했다.

"우리의 지도자 나폴레옹 동무께서는 절대적으로, 그러니까 절대적으로 이렇게 말씀하셨지요. 스노볼이 처음부터 존스의 하수인이었다고 말입니다. 그러니까 반란을 생각하기 훨씬 오래전부터 말이죠."

복서가 말했다.

"아, 그렇다면 이야기는 달라지겠지요! 만약 나폴레옹 동무가 그렇게 말했다면 분명 그렇겠군요."

"그것이야말로 올바른 정신이요, 동무!"

스퀼러가 소리를 질러댔다. 하지만 조그맣고 반짝이는 눈에 아주 추악한 빛을 담고 복서를 노려보는 것을 알 수 있었다. 스퀼러는 몸을 돌려 그 자리를 떠나려다가 다시 걸음을 멈추고는 위협하는 말을 덧붙였다.

"이 농장의 모든 동물에게 경고하겠습니다. 언제나 눈을 크게 뜨고 있어야 합니다. 왜냐하면 스노볼의 비밀스러운 앞잡이들이 바로 이 순간에도 우리 사이에 몰래 숨어 있다고 생각할 만한 이유가 분명히 있으니까요!"

나흘이 지난 뒤 늦은 오후에 나폴레옹은 동물들에게 농장 마당에 모이라는 명령을 내렸다. 동물들이 모두 한자리에 모이자 나폴레옹은 존스의 집에서 모습을 드러냈다. 최근 자신에게 직접 수여한 1급 동물 영웅과 2급 동물 영웅 훈장을 둘 다 달고 서였다. 나폴레옹의 주위에는 거대한 개 아홉 마리가 뛰어다니며 등골을 오싹하게 만드는 으르렁 소리를 냈다. 동물들은 마치 뭔가 끔찍한 일이 벌어지리라는 것을 예감이라도 한 듯 모두 자기들이 서 있는 자리에서 말없이 움츠러들었다.

나폴레옹은 동물들을 하나하나 찬찬히 훑어보며 뻣뻣한 자세로 서 있었다. 그러고는 째지는 듯한 목소리로 한마디를 내뱉었다. 그러자 곧바로 개들이 앞으로 튀어나와 돼지 네 마리의 귀를 물고 나폴레옹의 발 앞으로 끌어냈다. 고통과 공포가 느껴지는 비명이 농장에 울려 퍼졌다. 돼지들의 귀에서는 피가 흘렀고 그 피 맛을 본 개들은 한동안 완전히 미쳐버린 것처럼 날뛰었다. 그 가운데 세 마리가 복서한테까지 덤벼들자 모두 깜짝 놀라고 말았다. 복서는 거대한 앞발을 들어 달려드는 개들 중 한 놈을 공중에서 낚아채 땅바닥에 팽개치고는 앞발로 짓눌렀다. 바닥에 깔린 개가 살려달라는 비명을 내지르자 다른 두 마리는 꼬리를 가랑이 사이에 말아 넣고는 도망쳐버렸다. 복서는 개를 깔아뭉개 죽여야 하는지 아니면 그냥 놓아주어야 하는지 몰라서 나폴레옹을 바라보았다. 나폴레옹은 안색이 변하더니 복서에게 날카로운 목소리로 개를 놓아주라고 명령했다. 복서가 앞발을 들어 올리자 상처 입은 개는 낑낑거리며 슬금슬금 달아났다.

얼마 지나지 않아 소란이 가라앉았다. 돼지 네 마리는 벌벌 떨며 기다리고 있었는데 마치 얼굴의 주름 하나하나에 죄가 새겨진 것처럼 보였다. 나폴레옹은 돼지들에게 죄를 자백하라고 다그쳤다. 그들은 지난번에 나폴레옹이 일요일 회합을 없앴을 때 반항했던 바로 그 돼지들이었다. 별다른 다그침이 없었는데도 돼지들은 스노볼이 쫓겨난 이후부터 은밀하게 그와 연락해오고 있었다고 자백했다. 스노볼과 공모해 풍차를 박살냈을 뿐 아니라 동물 농장을 프레더릭 씨의 손에 넘기기로 했다고 털어놓았다. 또한 돼지들은 스노볼이 오래전부터 존스의 하수인이었다는 사실을 자기들 앞에서 은밀하게 인정했다고 덧붙였다. 돼지들의 자백이 끝나자 개들이 곧바로 목덜미를 물어뜯었다. 나폴레옹은 소름끼치는 목소리로 다른 동물들에게도 자백할 것이 있느냐고 다그쳐 물었다.

그러자 달걀 문제로 반란을 주도했던 암탉 세 마리가 앞으로 나왔다. 이들은 스노볼이 자기들 꿈속에 나타나 나폴레옹의 명령을 따르지 말라는 지시를 내렸다고 진술했다. 이 암탉들도 끔찍하게 죽임을 당했다. 그런 다음 거위 한 마리가 앞으로 나와 지난번 추수 때 곡식 낟알 여섯 개를 몰래 감춰두었다가 밤에 먹어치웠다고 자백했다. 그리고 양 한 마리도 나와서는 식수로 쓰는 물웅덩이에 오줌을 쌌는데 그것 역시 스노볼이 시킨 일이라고 자백했다. 다른 양 두 마리는 나폴레옹에게 특별히 충성스러웠던 늙은 숫양이 기침병으로 고생할 때 화톳불 주위로 계속 쫓아다녀 죽게 했다고 털어놓았다. 이들도 모두 그 자리에서 살해당했다. 계속해서 자백과 처형이 이어졌다. 나폴레옹의 발 앞에는 시체가 쌓여갔고 공기는 피 냄새로 가득 찼다. 존스가 농장에서 쫓겨난 이후로 한 번도 겪어보지 못한 일이었다.

모든 일이 끝나고 나자 돼지와 개를 뺀 나머지 동물들은 한 덩어리가 되어 슬금슬금 물러났다. 모두 큰 충격을 받았고 마음은 비참하기 이를 데가 없었다. 도대체 어떤 것이 더 충격이었을까. 스노볼과 한패가 된 동물들의 배신일까? 아니면 방금 목격한 잔혹한 처형 장면일까? 예전에도 오늘처럼 피가 피를 부르는 끔찍한 장면을 종종 보기는 했지만 지금이 훨씬 더 나쁘게 느껴지는 것은 바로 자신들 사이에서 일어난 일이었기 때문이다. 존스가 농장을 떠나고 오늘에 이르기까지 어떤 동물도 다른 동물을 죽인 적이 없었다. 심지어 쥐 한 마리도 죽이지 않았다. 동물들은 반쯤 완성된 풍차가 서 있는 작은 언덕으로 올라가 다 같이 서로 몸을 비비며 온기를 느끼려는 것처럼 한꺼번에 드러누웠다. 클로버와 뮤리엘, 벤저민과 암소들, 양들 그리고 거위와 암탉들, 그렇게 고양이만 빼놓고 농장의 동물들이 다 모인 것이다. 고양이는 나폴레옹이 모두 모이라는 명령을 내리기 바로 전에 갑자기 모습을 감춰버렸다. 한동안 아무도 입을 열지 않았다. 오직 복서만 땅바닥에 눕지 않고 그대로 서 있었다. 복서는 불안한 듯이 왔다 갔다 하며 길고 검은 꼬리를 옆구리 쪽으로 휘두르다가 이따금 놀란 것처럼 조그맣게 힝힝거렸다. 마침내 복서는 이렇게 말했다.

"나는 잘 모르겠어요. 우리 동물 농장에서 이런 일이 일어날 수 있다는 게 믿기지 않을 뿐입니다. 분명 우리가 무슨 잘못을 저지른 탓이겠지요. 내가 보기에 해결책은 더 열심히 일하는 것밖에 없습니다. 이제부터 나는 아침에 한 시간 더 일찍 일어날 겁니다."

말을 마친 복서는 육중한 몸을 움직여 채석장으로 향했다. 거기서 그는 풍차를 세우고 있는 언덕까지 돌무더기를 연이어 두 번이나 끌어다 놓고는 겨우 잠을 자러 갔다.

동물들은 말없이 클로버 주위에 모였다. 방금 전까지 누워 있던 이 언덕에서는 근방이 아주 잘 보였고 동물 농장도 거의 한눈에 들어왔다. 큰길까지 이어진 길쭉한 목초지며 건초용 풀밭, 잡목 숲과 물을 마실 수 있는 웅덩이, 어린 보리가 푸르고 빽빽하게 자라는 경작지 그리고 굴뚝에서 연기가 모락모락 피어오르는 농장 건물들의 붉은색 지붕까지 말이다. 때는 맑게 갠 봄날 저녁이었다. 풀이며 싹이 돋아난 울타리는 햇볕을 받아 금빛으로 빛났다. 동물들에게 이 농장이 이토록 멋진 곳으로 보인 적은 이번이 처음이었다. 그리고 이 모든 게 하나하나 다 자신들의 재산이며 농장이라는 사실을 떠올리자 더 큰 애착이 생겼다. 언덕배기를 바라보는 클로버의 두 눈에는 눈물이 고였다. 만일 클로버가 자기 생각을 말로 표현할 수 있었다면 몇 년 전 동물들이 들고 일어나 인간들을 농장에서 몰아낼 때 바랐던 것은 결코 이런 게 아니었다고 말하고 싶었으리라. 오늘 같은 공포와 살육 장면은 메이저 영감이 처음 자신들에게 반란을 일으키도록 격려하던 날 밤에 그들이 기대하던 것이 아니었다. 클로버가 기대하던 미래는 모든 동물이 굶주림과 채찍질에서 자유를 얻게 되는 사회였다. 모두가 평등하고, 모두가 자기 능력껏 일하며, 메이저 영감이 이야기를 들려주던 그날 밤 클로버 자신이 앞발로 어미 잃은 새끼 오리들을 감싸준 것처럼 강한 동물이 약한 동물을 지켜주는 그런 사회 말이다. 클로버는 도무지 영문을 알 수 없었다. 지금 동물들이 마주한 것은 그 누구도 감히 자신의 생각을 말로 표현하지 못하고, 무섭게 으르렁거리는 개들이 사방에서 서성거리며, 친구들은 믿을 수 없는 죄를 자백하고 발기발기 찢겨 죽는 그런 세상이었다. 클로버의 마음속에는 반란이니 불복종이니 하는 것은 전혀 들어 있지 않았다. 클로버는 비록 지금 이런 모습일지라도 존스가 주인이던 시절보다는 훨씬 더 잘 살고 있으며, 무엇보다 인간들이 돌아오지 못하도록 막아야 한다는 사실을 잘 알고 있었다. 앞으로 또 무슨 일이 벌어지더라도 클로버는 계속해서 열심히 일하고 자신에게 주어진 명령을 충실히 따르며 나폴레옹의 지도를 받을 터였다. 그렇지만 클로버를 비롯한 다른 동물들이 바라며 견뎌온 것은 이런 모습을 보기 위해서가 아니었다. 힘들게 풍차를 건설하고 불을 뿜는 존스의 총과 맞선 대가가 고작 이런 걸 위해서였나. 클로버는 이렇게 생각했지만 자기 생각을 말로 표현할 수가 없었다.

결국 클로버는 말로 표현할 수 없는 이런 생각을 다르게 나타내고 싶어서 〈영국의 동물들〉을 부르기 시작했다. 클로버의 주위에 둘러앉은 다른 동물들도 노래를 이어받았다. 동물들은 예전과는 다르게 구성지면서도 구슬프게 천천히 노래를 세 번이나 반복해 불렀다.

동물들이 노래를 마치자마자 개 두 마리를 거느린 스퀼러가 중요한 이야기라도 하려는 듯한 분위기를 풍기며 다가왔다. 스퀼러는 나폴레옹 동무의 특별 포고령에 따라 〈영국의 동물들〉은 금지곡이 되었다고 알려주었다. 지금부터는 이 노래를 부를 수 없다는 말이었다.

동물들은 그야말로 깜짝 놀라지 않을 수 없었다.

"왜요?"

뮤리엘이 큰 소리로 물었다.

그러자 스퀼러는 뻣뻣한 태도로 대꾸했다.

"동무, 그 노래는 더 이상 필요 없습니다. 〈영국의 동물들〉은 반란의 노래입니다. 그렇지만 우리의 반란은 이제 다 끝났어요. 오늘 오후에 있었던 배신자들의 처형이 그 마지막 조치였으니까요. 농장 외부와 내부의 적이 다 없어진 겁니다. 〈영국의 동물들〉에서 우리는 언젠가 다가올 더 나은 세상에 대한 열망을 표현했지요. 하지만 그 세상도 이제는 다 완성되었단 말입니다. 그러니 더는 이런 노래를 부를 이유가 없는 거지요."

동물들은 겁이 나기는 했지만 분명 누군가는 항의를 할 수도 있었으리라. 하지만 그 순간 양들이 늘 하던 대로 "네 다리는 좋다, 두 다리는 나쁘다"를 외치기 시작했다. 그 외침이 몇 분

동안이나 계속되자 결국 이야기는 거기서 끝나고 말았다.

그날 이후 동물 농장에서 〈영국의 동물들〉은 더 이상 들리지 않았다. 그 대신 시인으로 불리는 돼지 미니머스가 다른 노래를 만들었다. 그 노래는 이렇게 시작되었다.

동물 농장, 동물 농장.

나를 따르는 자 아무런 근심이 없으리라!

동물들은 매주 일요일 아침에 깃발을 올리고 이 노래를 불러야 했다. 그렇지만 어쩐지 이 노래의 곡조와 가사는 〈영국의 동물들〉처럼 가슴에 와 닿지가 않았다.

8

며칠이 지나 처형 장면을 보고 느꼈던 공포가 조금 가라앉자 몇몇 동물은 동물 칠 계명 중 여섯 번째 계명이 “어떤 동물도 다른 동물을 죽여서는 안 되느니라”였음을 기억했다. 아니, 그렇게 기억한다고 생각했다. 그리고 비록 돼지나 개들이 듣는 데서는 아무도 입을 열지 않았지만 지난번에 있었던 동물들의 살해가 이 계명과 맞지 않는다고 느꼈다. 클로버는 벤저민에게 여섯 번째 계명을 읽어달라고 부탁했지만 그는 늘 그렇듯이 이런 문제에는 끼어들고 싶지 않다며 거절했다. 그래서 클로버는 대신 뮤리엘을 데려갔다. 뮤리엘은 클로버에게 여섯 번째 계명을 읽어주었다. 거기에는 “어떤 동물도 다른 동물을 이유 없이 죽여서는 안 되느니라”라고 적혀 있었다. 어찌 된 영문인지 모르겠지만 이 '이유 없이'라는 두 마디가 동물들의 기억 속에서는 사라지고 없었다. 그렇지만 이제 동물들은 아무도 여섯 번째 계명을 어기지 않았다는 사실을 알게 되었다. 스노볼을 따랐던 배신자들을 죽인 데는 충분한 이유가 있었으니까 말이다.

그해 내내 동물들은 지난해보다 훨씬 더 열심히 일했다. 예전보다 두 배는 더 두껍게 벽을 쌓아가며 계획한 날짜까지 풍차를 완성하는 일은 매일 해야 하는 농장의 작업과 맞물려 실로 엄청난 노동이 아닐 수 없었다. 때로 동물들은 존스 시절보다 일을 더 많이 하면서도 먹는 건 조금도 나아진 게 없다고 생각했다. 일요일 아침이면 스퀼러는 기다란 종잇조각을 발굽 사이에 끼우고는 그 내용을 동물들에게 읽어주곤 했다. 모든 곡식이 각각 200퍼센트, 300퍼센트 또는 500퍼센트 증가했음을 입증하는 숫자 목록이었다. 동물들이 그 말을 믿지 않을 이유는 없었다. 특히나 반란을 일으키기 전에 상황이 어땠는지 이제 더는 분명하게 기억할 수도 없었으니까 말이다. 그렇지만 얼마 지나지 않아 숫자는 이제 그만 되었으니 먹을 것이나 많아졌으면 하고 바라는 날도 있었다.

이제 모든 명령은 스퀼러나 다른 돼지들이 전달했다. 나폴레옹 자신은 동물들 앞에 공개적으로 모습을 잘 드러내지 않아 고작해야 이 주일에 한 번 정도 볼 수 있을 뿐이었다. 그렇게 모습을 드러낼 때면 나폴레옹은 개들을 수행원처럼 거느리고 검은 수탉까지 앞세웠다. 이 수탉은 나폴레옹보다 앞서 행진하며 마치 자신이 나팔수라도 되는 양 나폴레옹이 연설하기 전에 "꼬꼬댁 꼬끼요" 하고 크게 외쳐댔다. 들리는 소문에 따르면 나폴레옹은 존스의 집 안에서도 다른 돼지들과 따로 떨어져 지낸다고 했다. 나폴레옹은 개 두 마리의 시중을 받으며 밥도 혼자 먹고 언제나 거실의 유리 진열장 안에 있는 만찬용 식기들을 꺼내 사용한다고도 했다. 또한 매년 나폴레옹의 생일에는 다른 두 기념일과 마찬가지로 축포를 쏠 것이라는 발표가 있었다.

나폴레옹은 이제 그냥 '나폴레옹'이라고만 불리지 않았다. 언제나 공식적으로 '우리의 지도자 나폴레옹 동무'라고 불렸다. 돼지들은 나폴레옹을 위해 '모든 동물의 아버지', '인류의 공포', '양 우리의 보호자', '새끼 오리들의 친구' 등과 같은 칭호를 만들어내곤 했다. 스퀼러는 연설할 때 나폴레옹의 지혜와 선한 마음씨 그리고 그가 품은 깊은 사랑을 이야기했다. 그럴 때면 뺨 위로 눈물이 흘러내렸다. 나폴레옹의 깊은 사랑이란 세상 천지에 있는 모든 동물, 특히나 다른 농장에서 여전히 무지한 노예 상태로 살고 있는 불행한 동물들을 향한 것이었다. 성공적인 업적이나 행운은 모두 나폴레옹에게 그 영광을 돌리는 것이 보통이었다. 농장에서는 종종 어떤 암탉이 다른 닭들에게 "우리의 지도자 나폴레옹 동무의 지도 아래 나는 엿새 동안 알을 다섯 개나 낳았어"라고 말하거나 암소 두 마리가 웅덩이에서 물을 마시며 "물맛이 어쩌면 이렇게나 좋은지! 나폴레옹 동무의 지도력에 감사해야 해!"라고 감탄사를 연발하는 것을 들을 수 있었다. 이런 농장의 전반적인 분위기는 〈나폴레옹 동무〉라는 제목의 시에 잘 표현되었다. 미니머스가 지은 시의 내용은 이러했다.

아비 없는 자의 친구!
행복의 근원!
마르지 않는 샘의 주인이시여!
하늘에 떠 있는 태양과 같은
지도자 동무의 고요하고 위엄 있는 눈을 바라볼 때마다
내 영혼이 어찌 그리 뜨겁게 불이 붙는지
나폴레옹 동무여!

나폴레옹 동무여, 그분은
모든 동물이 사랑하고 원하는 것을
채워주시는 분
하루에 두 번 배불리 먹고 깨끗한 짚더미 위에 뒹구는 우리
크고 작은 모든 동물은
그분의 그늘 아래에서 평화롭게 잠들고
그분은 모든 것을 다 보살피시네

나폴레옹 동무여!

내게 만약 새끼 돼지가 있다면
술병이나 밀방망이처럼
크게 자라기도 전에
그분께 충성하고 진실하라고
가르쳐야만 하리
그래, 새끼 돼지가 처음 내지를 그 소리
"나폴레옹 동무여!"

나폴레옹이 칭찬한 덕분에 이 시는 큰 헛간에 써놓은 동물 칠계명의 맞은편 벽에 새겨졌다. 그 시 위에는 스퀼러가 나폴레옹의 옆모습을 하얀색 페인트로 그려놓았다.

그동안 나폴레옹은 대리인인 윔퍼를 앞세워 프레더릭, 필킹턴과 함께 복잡한 협상을 진행했다. 목재 더미는 아직도 팔리지 않은 채였다. 두 농장주 가운데 프레더릭이 목재에 좀 더 관심을 보였지만 제대로 된 가격을 치르려고 하지 않았다. 더군다나 프레더릭과 그 하수인들이 동물 농장을 공격해 풍차를 박살내려 한다는 소문이 다시 나돌았다. 프레더릭은 풍차에 큰 질투심을 느끼고 있었던 것이다. 스노볼은 여전히 핀치필드 농장에 숨어 있다고 알려졌다. 한여름에는 암탉 세 마리가 앞으로 나서 스노볼에게 영감을 받아 나폴레옹을 살해할 음모에 가담했다고 자백하는 것을 듣고 동물들은 그야말로 기절초풍을 하고 말았다. 닭들은 그 자리에서 처형되었고 나폴레옹의 안전을 지키기 위해 새로운 경계령이 내려졌다. 밤이면 개 네 마리가 나폴레옹의 잠자리 네 귀퉁이를 지켰고 핑크아이라는 어린 돼지가 혹시 음식에 독이 있을지도 모르니 나폴레옹이 먹기 전에 먼저 맛을 보는 임무를 맡았다.

그 무렵 나폴레옹이 목재 더미를 필킹턴 씨에게 팔아넘기기로 했다는 소식이 들려왔다. 또한 동물 농장과 폭스우드 농장 사이에 몇 가지 생산물을 교환하는 정식 합의도 이루어질 것이라고 했다. 비록 윔퍼가 사이에 끼기는 했지만 나폴레옹과 필킹턴의 관계는 이제 돈독해졌다. 동물들은 필킹턴을 인간이란 이유로 믿지 않았다. 그렇지만 자신들이 두려워하고 증오하는 프레더릭보다는 훨씬 낫다고 여겼다. 여름도 다 지나갈 무렵, 풍차가 거의 완성 단계에 접어들자 위험천만한 공격이 가까워졌다는 소문이 돌고 또 돌았다. 들리는 바로는 프레더릭은 총으로 무장한 사내 스무 명을 끌어모아 동물 농장을 공격할 거라고 했다. 또한 이미 경찰과 치안판사에게 뇌물을 뿌려 일단 동물 농장의 부동산 권리증만 손에 넣는다면 아무런 문제도 없을 거라고 했다. 게다가 프레더릭이 자기 동물들을 잔혹하게 다루고 있다는 끔찍한 이야기가 핀치필드 농장에서 새어나왔다. 그가 늙은 말을 때려죽이고 암소들은 굶겨 죽였으며 개는 벽난로 속에 던져 태워 죽였다고 했다. 또한 저녁이 되면 수탉들의 다리에 면도날 조각을 달아 닭싸움을 시키며 즐긴다고 했다. 동물 농장의 동물들은 자기네 동무들에게 그 같은 일들을 자행하고 있다는 이야기를 들을 때마다 피가 끓어오르는 듯했다. 때로는 한데 뭉쳐 핀치필드 농장을 습격해 인간들을 몰아내고 동물들을 해방시켜야 한다며 떠들어대기도 했다. 그렇지만 스퀼러는 경솔한 행동을 피하고 나폴레옹 동무의 전략을 믿어보자며 동물들을 달랬다.

그런데도 프레더릭에 대한 악감정은 높아져만 갔다. 어느 일요일 아침, 나폴레옹은 헛간에 모습을 드러내고는 자신은 단 한 번도 프레더릭에게 목재 더미를 팔겠다는 생각을 한 적이 없다고 설명했다. 그런 쓰레기 같은 작자와 뭔가를 해보려는 것 자체가 자신의 존엄성과는 한참 거리가 먼 이야기라고 덧붙이기도 했다. 반란 소식을 널리 알리기 위해 여전히 파견되고 있던 비둘기들에게도 폭스우드 농장에는 절대 발을 들이지 말라는 금지령이 내려졌다. 그리고 '인간에게 죽음을'이라는 예전의 표어 대신 '프레더릭에게 죽음을'이라는 새로운 표어를 뿌리라는 명령이 떨어졌다. 여름이 완전히 끝나기 전에 스노볼의 또 다른 음모가 드러났다. 밀을 수확해보니 잡초가 가득했는데 그건 스노볼이 밤에 몰래 숨어들어 와 씨앗으로 쓸 밀에 잡초

씨를 섞었기 때문이라는 사실이 밝혀졌다. 이 음모를 혼자서만 알고 있던 거위는 자기 죄를 스퀼러에게 털어놓고는 그 자리에서 독이 있는 산딸기를 삼키고 자살해버렸다. 모든 동물은 이제 스노볼이 단 한 번도 1급 동물 영웅 훈장을 받은 적이 없다는 사실을 알게 되었다. 지금까지는 대부분의 동물이 잘못 믿고 있었던 것이다. 그건 그저 외양간 전투가 끝난 지 얼마 되지 않아 스노볼 자신이 퍼뜨린 단순한 헛소문에 불과했다. 게다가 스노볼은 훈장은커녕 전투에서 비겁한 행동을 해서 질책까지 받았다는 것이다. 몇몇 동물은 이런 이야기를 듣고는 다시 한 번 어리둥절했으나 스퀼러는 그들이 잘못 기억하는 것이라며 쉽게 설득할 수 있었다.

가을이 되자 추수 시기까지 겹쳐 엄청난 노력과 고생을 쏟은 끝에 풍차가 완성되었다. 기계 장치는 아직 설치되지 않았지만 윔퍼가 그것을 사들이기 위한 협상을 진행하고 있었다. 어쨌든 중요한 뼈대는 완공된 상태였다. 작업 기술도 서툰 데다 원시적인 도구들을 쓸 수밖에 없었으며 온갖 불운에 스노볼의 배신까지 겪었지만 풍차를 예정했던 바로 그날에 정확히 완성할 수 있었다! 동물들은 지쳤지만 자랑스럽게 자신들이 이룩해낸 걸작의 주변을 돌고 또 돌아보았다. 동물들의 눈에는 처음 세웠던 풍차보다 훨씬 더 아름답게 보였다. 게다가 벽도 예전보다 두 배나 더 두꺼웠다. 이번에야말로 폭약이라도 사용하지 않는 한 풍차를 무너뜨릴 수 없으리라! 동물들은 자신들이 그동안 어떤 노력을 기울였는지, 어떤 절망을 극복해왔는지를 떠올렸다. 그리고 풍차 날개가 돌아가고 발전기가 가동되면 자신들의 생활이 얼마나 달라질지 생각하자 모든 피로가 싹 가시는 듯했다. 동물들은 승리의 함성을 내지르며 풍차 주위를 뛰고 또 뛰었다. 나폴레옹도 개들과 수탉을 거느리고 풍차를 시찰하러 모습을 드러냈다. 그는 동물들이 이룩한 성과를 추켜세우고는 이 풍차를 앞으로 '나폴레옹 풍차'라 부르겠다고 선언했다.

이틀이 지난 뒤 동물들에게 헛간에서 열리는 특별 회합에 모두 모이라는 명령이 떨어졌다. 나폴레옹이 목재 더미를 프레더릭에게 팔아치웠다고 알리자 동물들은 얼마나 놀랐는지 할 말을 잃고 말았다. 내일이면 프레더릭의 마차가 와서 목재를 실어 나를 거라고 했다. 나폴레옹은 그동안 필킹턴과 일부러 친하게 지내는 척하면서 실제로는 프레더릭과 비밀리에 거래를 진행했던 것이다.

그날로 폭스우드 농장과의 관계는 모두 깨져버렸고 필킹턴에게는 모욕적인 메시지가 보내졌다. 이번에는 비둘기들에게 핀치필드 농장을 피하라는 명령이 내려졌다. 표어도 '프레더릭에게 죽음을'에서 '필킹턴에게 죽음을'로 바꾸라는 명령이 내려졌다. 또한 나폴레옹은 동물 농장에 대한 공격이 가까이 닥쳐

왔다는 소문은 전혀 사실이 아니며, 프레더릭이 자기 농장 동물들에게 잔혹한 행위를 한다는 이야기도 엄청나게 과장되었다고 확인해주었다. 이런 소문들은 아마도 모두 스노볼과 그의 끄나풀들한테서 흘러나온 것이리라. 이제는 스노볼이 핀치필드 농장에 숨어 있지 않다는 사실이 분명해졌는데 사실은 아예 그쪽으로 한 번도 가본 일조차 없다고 했다. 스노볼은 상당히 호화롭게 살고 있는데, 들리는 바로는 몇 년째 폭스우드 농장에서 필킹턴에게 연금을 받으며 잘 지낸다고 했다.

돼지들은 나폴레옹의 약삭빠른 협상법에 마음을 빼앗겼다. 나폴레옹은 필킹턴과 친하게 지내는 척하면서 프레더릭을 밀어붙여 목재 값을 12파운드나 더 올리도록 했다. 그렇지만 스퀼러는 나폴레옹의 정말로 뛰어난 점은 그가 아무도 믿지 않는다는 것, 심지어 프레더릭조차 믿지 않는다는 사실에서 확인할 수 있다고 했다. 프레더릭은 목재 값을 이른바 수표 비슷한 것으로 지급하고 싶어 했는데 이건 언제 돈을 지급할 것인지를 적어놓은 종잇조각이었다. 하지만 나폴레옹은 프레더릭의 생각보다 훨씬 더 영리했다. 그는 목재 값을 진짜 5파운드짜리 지폐로 내놓으라고 했을 뿐 아니라 목재를 실어가기 선에 돈부터 가져와야 한다고 요구했다. 프레더릭은 어쩔 수 없이 먼저 돈을 내놓았는데, 그 액수는 풍차를 위한 기계 설비를 사들이는데 꼭 맞아떨어졌다.

그러는 동안 목재는 눈 깜짝할 사이에 모두 실려 나갔다. 그렇게 목재를 모두 팔아치우고 난 뒤 또다시 헛간에서는 특별회합이 열렸다. 동물들에게 프레더릭한테서 받은 지폐를 보여주기 위해서였다. 훈장을 단 나폴레옹은 우아한 미소를 머금고 단상 위 짚더미 자리에 편안하게 앉아 있었다. 그의 옆에는 존스의 집에서 가져온 도자기 접시에 돈이 가지런히 쌓여 있었다. 동물들은 그 옆을 천천히 줄 지어 지나가며 마음껏 돈 구경을 했다. 복서는 숨을 몰아쉬며 코를 갖다 대고 돈 냄새를 맡았는데 그의 콧바람에 얄팍한 종이돈이 살랑거리며 부스럭거렸다.

사흘이 지난 뒤 굉장한 소동이 일어났다. 얼굴이 하얗게 질린 윔퍼가 자전거를 타고 달려와서는 마당에 자전거를 내팽개치고서 곧장 존스의 집 안으로 뛰어 들어갔다. 다음 순간 나폴레옹의 방에서 목이 멘 듯한 분노의 고함이 터져 나왔다. 곧 무슨 일이 벌어졌는지 들불처럼 삽시간에 농장 전체에 소식이 퍼졌다. 돈은 모두 가짜였다! 프레더릭이 돈 한 푼 들이지 않고 목재를 몽땅 실어가 버린 것이다!

나폴레옹은 곧바로 동물들을 불러모으고는 무시무시한 목소리로 프레더릭에게 사형을 선고했다. 그를 사로잡으면 산 채로 삶아버리겠다고도 말했다. 동시에 동물들에게 이런 배신행위 뒤에는 최악의 상황이 닥칠 수 있다고 경고했다. 프레더릭과 그 하수인들이 오랫동안 계획해온 공격을 언제 해올지 모르니 경계해야 한다는 것이었다. 나폴레옹은 농장의 모든 요소요소에 보초병을 세웠다. 또한 폭스우드 농장에 비둘기 네 마리를 급파해 필킹턴과의 관계를 다시 회복하고 싶다는 메시지를 보냈다.

바로 그다음 날 아침 공격이 시작되었다. 동물들이 아침을 먹고 있는데 감시를 맡았던 동물이 달려와 프레더릭과 그의 하수인들이 이미 농장 정문을 통과했다는 소식을 전했다. 동물들은 인간들과 맞서기 위해 용감하게 달려나갔다. 그렇지만 이번에는 외양간 전투 때처럼 손쉽게 승리를 거둘 수 없었다. 인간들은 모두 열다섯 명이나 되었고 총도 대여섯 자루가 넘었다. 그들은 동물들과의 거리가 50미터쯤으로 좁혀지자마자 총을 발사했다. 동물들은 그 무서운 폭발 소리며 날아드는 작은 탄환들을 견뎌내지 못했다. 나폴레옹과 복서가 흩어져버린 동물들을 다시 모으려고 애썼지만 모두 순식간에 도망치고 말았다. 그리고 상당수는 이미 총상을 입은 채였다. 동물들은 농장 건물 안으로 몸을 숨기고는 벽의 틈이며 옹이구멍으로 조심스럽게 인간들의 움직임을 살폈다. 풍차를 포함해 큰 목초지가 전부 인간들의 손아귀에 들어갔다. 나폴레옹조차도 그 순간만큼은 어쩔 줄 모르는 듯했다. 나폴레옹은 아무런 말도 하지 않고 이리저리 왔다 갔다 하면서 꼬리를 빳빳하게 세웠다가 움찔거리기도 했다. 동물들은 간절한 눈길로 폭스우드 농장 쪽을 바라보았다. 만약 필킹턴의 도움을 받을 수만 있다면 전세는 뒤바뀔지도 몰랐다. 바로 그때 전날 날려보낸 비둘기들이 돌아왔는데 그중 한 마리가 필킹턴이 보낸 쪽지를 물고 왔다. 하지만 거기에는 연필로 "꼴좋다"라고 쓰여 있었다.

그러는 동안 프레더릭과 그 하수인들이 풍차 근처에서 멈춰섰다. 그런 인간들의 모습을 바라보는 동물들의 당황스러운 속삭임이 여기저기서 들려왔다. 두 남자가 쇠지레와 커다란 쇠망치를 꺼내들었다. 풍차를 부수려는 듯 보였다.

나폴레옹이 소리를 내질렀다.

"절대 불가능할걸! 우리가 벽을 얼마나 두껍게 만들었다고. 일주일이 걸려도 부수지 못할 거다. 동무들, 용기를 내시오!"

그때 벤저민은 인간들이 하는 일을 뚫어지게 지켜보았다. 두 남자는 망치와 쇠지레로 풍차의 토대 부분에 구멍을 뚫고 있었다. 벤저민은 천천히 그리고 어쩌면 즐거워하는 표정으로 기다란 코를 끄덕였다.

벤저민이 말했다.

"그럴 줄 알았어. 저 인간들이 무슨 짓을 하고 있는지 모르겠어요? 잠시 후면 저 구멍 안에 폭약을 채워 넣을 거라고요."

동물들은 겁에 질린 채 기다렸다. 이제는 피난처인 농장 건물 밖으로 나서는 것 자체가 불가능해졌다. 몇 분쯤 시간이 흘렀을까. 인간들이 사방으로 달려가는 모습이 눈에 들어왔다. 그리고 귀청이 떨어져 나갈 것 같은 굉음이 울려 퍼졌다. 비둘기들은 하늘 위를 맴돌았고 나폴레옹을 뺀 나머지 동물들은 모두 바닥에 배를 깔고 납작 엎드려 고개를 파묻었다. 동물들이 다시 몸을 일으키고 보니 풍차가 서 있던 자리에는 어마어마한 검은색 연기구름만 보일 뿐이었다. 산들바람이 불자 연기가 서서히 날아갔다. 풍차도 그렇게 사라져버렸다!

이 모습을 보고 동물들은 용기를 되찾았다. 방금 전 느꼈던 두려움과 절망감은 인간들의 비열하고 가증스러운 행동에 분노하면서 순식간에 사라졌다. 동물들은 우렁찬 복수의 함성을 내뱉으며 명령을 기다릴 사이도 없이 한 덩어리가 되어 앞으로 나아갔고 곧장 적들에게 달려들었다. 이번에는 빗발처럼 쏟아지는 총알 세례에도 아랑곳하지 않았다. 잔혹하고도 격렬한 전투가 벌어졌다. 인간들은 총을 쏘고 또 쏘아댔고 동물들이 코앞까지 달려들자 들고 있던 막대기와 신고 있던 묵직한 장화로 후려치고 걷어찼다. 암소 한 마리와 양 세 마리, 거위 두 마리가 죽어 나갔고 상처를 입지 않은 동물이 하나도 없을 정도였다. 심지어 뒤에서 전투를 지휘하던 나폴레옹조차 날아오는 총알에 꼬리 끝이 잘려나갔다. 그렇지만 인간들의 피해도 만만치 않았다. 세 명은 복서의 발길질에 머리통이 깨졌고 다른 한 명은 암소 뿔에 배를 찔렸다. 또 다른 사람은 제시와 블루벨에게 바지를 갈가리 찢기기도 했다. 그리고 나폴레옹의 호위병인

개 아홉 마리는 지시받은 대로 울타리 뒤에 숨어 있다가 갑자기 인간들의 옆쪽에서 튀어나와 사납게 짖어대며 인간들을 두려움에 떨게 했다. 인간들은 자신들이 포위당할 수도 있다는 사실을 깨달았다. 프레더릭은 아직 전세가 유리할 때 도망치라고 부하들에게 소리를 질렀고 다음 순간 적들은 비겁하게 죽을 힘을 다해 달아나기 시작했다. 동물들은 들판 끝까지 인간들을 쫓아가 그들이 가시 울타리를 간신히 빠져나갈 때까지 발길질을 해댔다.

마침내 동물들이 승리했다. 그렇지만 모두 지친 데다 피까지 흘리고 있었다. 동물들은 비틀거리며 천천히 농장으로 돌아왔다. 풀밭 여기저기에 널려 있는 동지들의 사체를 본 동물들은 눈물을 흘렸다. 그리고 풍차가 있던 자리에 이르러서는 잠깐 멈춰 서 있을 뿐 아무 말도 하지 못했다. 풍차는 완전히 사라졌다. 동물들이 쏟아부었던 땀과 노력의 마지막 흔적까지 모두 사라져버린 것이다! 심지어 토대까지도 상당 부분 무너져내렸다. 이번에는 그전처럼 무너진 돌들을 사용해 풍차를 다시 세울 수도 없었다. 폭약이 폭발하면서 돌들이 수백 미터까지 멀리 날아가 버렸기 때문이다. 마치 처음부터 풍차 따위는 없었던 것 같았다.

농장으로 돌아오자 전투가 벌어지는 동안 자취를 감췄던 스퀼러가 뭐가 그리 만족스러운지 꼬리를 이리저리 흔들면서 동물들에게 뛰어왔다. 그리고 건물 쪽에서 장중하게 울려 퍼지는 총소리가 들려왔다.

"저 총은 왜 쏘는 건가요?"

복서가 물었다.

"그거야 우리의 승리를 축하하기 위해서지요!"

스퀼러는 여전히 만족스러운 표정으로 소리를 질렀다.

"승리라니 무슨 승리요?"

복서가 되물었다. 복서의 무릎에서는 피가 흐르고 있었으며 뒷다리에는 열 개도 넘는 총알 파편이 박혀 있었다. 그는 한쪽 편자를 잃어버리고 발굽도 찢어졌다.

"동무, 무슨 승리냐고 물은 겁니까? 우린 동물 농장이라는 이 신성한 땅에서 적들을 몰아내지 않았습니까?"

"그렇지만 인간들이 풍차를 박살냈잖아요. 우리가 이 년이나 고생해서 만든 풍차를 말입니다!"

"그게 무슨 대수겠습니까? 풍차야 또다시 만들면 그만인 것을요. 의지만 있다면 그까짓 풍차쯤은 여섯 개도 더 세울 수 있습니다. 동무는 우리가 이룩한 놀라운 업적에 도통 감사할 줄 모르는 것 같군요. 적들은 우리가 지금 서 있는 바로 이 땅을 점령했지요. 그리고 우리는 나폴레옹 동무의 지도력 덕분에 그 땅을 한 치도 남김없이 다시 찾은 겁니다!"

"그러면 우리는 원래 우리가 가졌던 걸 되찾았을 뿐이군요."

복서의 말이었다.

"그게 바로 우리가 거둔 승리란 말입니다."

스퀼러가 자랑스럽다는 듯 말했다.

동물들은 비틀거리며 농장 마당으로 들어섰다. 복서는 총알 파편들이 박힌 다리 때문에 이루 말할 수 없이 고통스러웠다. 그는 자기 앞에 놓인 풍차를 보면서 토대부터 다시 세워야 하는 고된 노동을 떠올려보았다. 그리고 상상 속에서 이미 그 일을 위한 의지를 불태웠다. 하지만 그는 자신이 벌써 열한 살이나 되었고 어쩌면 자신의 거대한 근육들이 예전처럼 기운을 낼 수 없을지도 모른다는 생각이 처음으로 들기 시작했다.

동물들은 녹색 깃발이 펄럭이고 모두 일곱 발이나 쏘아대는 총소리를 들으며 자신들이 한 일을 치하하는 나폴레옹의 연설까지 듣고 나니 위대한 승리를 거둔 것처럼 생각되었다. 이번 전투에서 학살당한 동물들의 엄숙한 장례식이 치러졌다. 복서와 클로버가 영구차 노릇을 하는 짐마차를 끌었고 나폴레옹은 장례 행렬의 맨 앞에서 걸었다. 동물들은 승리를 자축하는 데 꼬박 이틀을 보냈다. 노래를 부르고 연설을 하고 축포를 쏘았다. 그리고 모든 동물에게 특별 선물로 사과 한 알씩이 주어졌고 거기에 새들에게는 곡식 두 움큼, 개들에게는 비스킷 세 개씩이 더해졌다. 이번 전투를 '풍차 전투'로 부르기로 했다는 발표가 있었다. 나폴레옹은 '초록색 깃발 훈장'이라는 훈장을 새로 만들어 자신에게 직접 수여했다. 모두가 함께 즐거워하는 동안 불쾌한 위조지폐 사건은 곧 잊히고 말았다.

그로부터 며칠이나 지났을까. 돼지들은 존스 집 지하실에서 우연히 위스키 한 상자를 찾아냈다. 동물들이 처음 이 집을 손에 넣었을 때는 미처 모르고 지나쳤던 물건이었다. 그날 밤 존스의 집에서는 노랫소리가 크게 울려 퍼졌는데, 거기에 〈영국의 동물들〉 곡조가 섞여 있어서 동물들은 모두 깜짝 놀라고 말았다. 아홉 시 반쯤 존스 씨의 낡은 중절모를 뒤집어쓴 나폴레옹이 뒷문으로 빠져나와 마당을 빠르게 빙빙 돌다가 다시 집 안으로 사라지는 모습이 분명하게 목격되었다. 그렇지만 아침이 되자 존스의 집은 깊은 침묵 속에 잠겼다. 돼지라고는 코빼기도 보이지 않았다. 아홉 시가 다 되어서야 스퀼러가 기운 없이 느릿느릿 걸으며 모습을 드러냈다. 그의 눈은 풀린 상태였고 꼬리는 축 늘어져 있었으며 어딘가 심각하게 아픈 것처럼 보였다. 스퀼러는 동물들을 전부 불러모으더니 끔찍한 소식을 전하겠다고 말했다. 그건 나폴레옹 동무가 죽어가고 있다는 소식이었다!

여기저기서 애통해하는 소리가 터져 나왔다. 존스 집 문 밖에는 짚더미가 깔렸고 동물들은 발끝으로 살금살금 걸었다. 동물들은 눈물을 흘리며 지도자가 자신들의 곁을 떠날 경우 앞으로 어떻게 될지 서로 이야기를 주고받았다. 마침내 스노볼이 나폴레옹이 먹는 음식에 독을 넣는 데 성공했다는 소문도 나돌았다. 열한 시가 되자 스퀼러가 또 나와서 다른 발표를 했다. 나폴레옹 동무가 이 땅에서 마지막으로 엄숙하게 "술을 마시는 동물은 사형에 처할지니라"라는 포고령을 내렸다는 것이다.

그렇지만 저녁때가 되자 나폴레옹은 몸이 조금씩 나아지는 것처럼 보였다. 다음 날 아침이 되자 스퀼러는 동물들에게 나폴레옹 동무가 회복 중이라는 소식을 전했다. 그날 저녁 무렵에는 나폴레옹이 일상 업무로 복귀했고, 그다음 날 아침에는 윔퍼에게 윌링던에서 양조와 증류를 다룬 책자를 구해오라는 지시를 내렸다는 이야기가 들려왔다. 일주일 뒤 나폴레옹은 과수원 너머에 있는 조그만 풀밭을 갈아엎으라는 명령을 내렸다. 그 땅은 은퇴한 동물들을 위한 목초지로 쓰려고 남겨둔 곳이었다. 나폴레옹의 말로는 땅의 힘이 약해져 새로 씨를 뿌려야 한다고 했다. 하지만 얼마 지나지 않아 거기에 보리를 심으려고 한다는 것이 알려졌다.

그 무렵 동물들이 이해할 수 없는 참으로 괴상한 사건 하나가 벌어졌다. 어느 날 밤 열두 시쯤 마당에서 엄청나게 큰 소리가 났다. 동물들은 자다 말고 모두 뛰쳐나왔다. 달 밝은 밤이었다. 동물 칠 계명이 적힌 큰 헛간의 벽 아래에 사다리가 두 동강이 나서 널브러져 있었다. 그 밑에 스퀼러가 잠시 기절한 채 큰대자로 뻗어 있었고 옆에는 등잔과 페인트 붓, 뒤집힌 하얀색 페인트 통이 있었다. 개들이 곧바로 스퀼러를 둘러싼 뒤 그가 정신을 차려 걸을 수 있게 되자 호위해 집 안으로 데려갔다. 동물들 가운데 이게 도대체 어찌 된 영문인지 제대로 알아차리는 동물은 하나도 없었다. 오직 늙은 벤저민만이 그럴 줄 알았다는 듯이 고개를 끄덕였지만 아무 말도 하지 않았다.

며칠이 지나서 뮤리엘은 혼자서 동물 칠 계명을 읽다가 자기들이 잘못 기억하고 있는 게 또 하나 있었다는 사실을 알아차렸다. 동물들은 다섯 번째 계명을 "어떤 동물도 술을 마셔서는 안 되느니라"로 알고 있었는데 지금 보니 거기에 자신들이 잊고 있던 단어가 더 있었다. 실제로 다섯 번째 계명은 "어떤 동물도 술을 과도하게 마셔서는 안 되느니라"였다.

9

복서의 찢어진 발굽이 낫는 데 아주 오랜 시간이 걸렸다. 동물들은 승리를 축하하는 행사가 끝난 바로 다음 날부터 풍차를 다시 건설하기 시작했다. 심지어 복서는 단 하루도 쉬지 않았다. 그는 그야말로 자신의 명예를 걸고 다른 동물들에게 고통을 드러내지 않으려고 했다. 다만 저녁때가 되면 클로버한테만 찢어진 발굽이 몹시 고통스럽다고 조용히 털어놓았다. 클로버는 약초를 씹어서 복서의 발굽에 대주었다. 클로버와 벤저민은 복서에게 무리해서 일하지 말라고 충고했다.

클로버는 복서에게 이렇게 말했다.

"말의 허파라고 영원히 살 수는 없어요."

하지만 복서는 그 말을 들으려고 하지 않았다. 그는 자신에게 남은 유일한 욕심은 은퇴하기 전에 풍차가 완성된 모습을 보는 것이라고 말했다.

동물 농장의 법률이 처음 만들어졌을 때 동물들의 은퇴 연령은 말과 돼지는 열두 살, 암소는 열네 살, 개는 아홉 살, 양은 일곱 살 그리고 암탉이나 거위는 다섯 살이었다. 넉넉한 노후 연금에 대한 합의도 있었다. 하지만 실제로 은퇴해서 연금을 받는 동물은 아직 하나도 없었다. 이 문제는 최근 들어 자꾸만 다시 논의되기 시작했다. 이제는 과수원 너머에 있는 작은 땅이 보리밭이 되어버렸으니 그 대신 큰 목초지 귀퉁이에 울타리를 쳐서 은퇴한 동물들을 위한 목초지로 만든다는 소문이 나돌았다. 말의 노후 연금은 하루에 곡식 1.5킬로그램, 겨울에는 건초 7.5킬로그램, 공휴일에는 당근이나 사과 한 알을 지급하겠다고 했다. 복서의 열두 번째 생일은 다음 해 늦은 여름이었다.

한편 농장의 형편은 상당히 어려웠다. 이번 겨울은 지난해 못지않게 추웠으며 식량은 더 모자랐다. 또다시 배급량이 줄어들었지만 돼지와 개들은 예외였다. 스퀼러의 설명으로는 배급량을 평등하게 정하는 건 오히려 동물주의 원칙에 어긋날 수도 있다고 했다. 어쨌든 스퀼러는 다른 동물들에게 겉으로는 사정이 어떻게 보이든 실제로는 식량이 부족한 게 아니라는 사실을 입증하는 데 전혀 어려움을 느끼지 않았다. 스퀼러는 당분간은 배급량의 재조정이 필요하겠지만 존스 시절과 비교하면 분명

놀랄 만큼 성장했다고 주장했다. 또한 그는 언제나 '재조정'이라고 말하지 '감소'라고는 절대 입 밖에 내지 않았다. 스퀼러는 숫자들을 날카로운 목소리로 빠르게 읽어 내려가며 존스 시절보다 더 많은 귀리와 건초, 순무를 생산하고 있으며 일하는 시간은 더 줄어들었고 마시는 물의 수질도 더 나아졌으며 수명도 늘어났고 새끼들의 사망률도 크게 줄어들었다는 사실을 자세히 입증해 보였다. 또한 우리에는 짚이 더 많아졌으며 벼룩 때문에 고생하는 일도 훨씬 더 줄었다고 했다. 동물들은 그의 설명을 빠짐없이 다 믿었다. 사실대로 말하자면, 존스와 그와 관련된 일은 동물들의 기억 속에서 거의 희미하게 사라져버렸다. 동물들은 그저 지금 생활이 모질고 힘들며, 배가 고프고 추위에 떠는 일이 잦다는 사실만 알고 있을 뿐이었다. 그리고 잠자는 시간 말고는 온종일 일한다는 사실도 알았다. 그렇지만 예전의 생활은 분명히 이보다 훨씬 더 어려웠을 거라고 생각했다. 모든 동물은 기꺼이 그렇게 믿었다. 게다가 그때는 노예 신세였지만 지금은 자유롭지 않은가. 그것만으로도 모든 것이 달라진 셈이었다. 스퀼러가 항상 빼놓지 않고 지적하듯이 말이다.

이제는 먹여야 할 식구도 꽤 많이 늘어났다. 가을이 되자 암퇘지 네 마리가 한꺼번에 새끼를 낳았는데 그 수가 모두 서른하고도 한 마리였다. 태어난 새끼 돼지들의 털은 얼룩덜룩했다. 나폴레옹은 농장에서 거세하지 않은 유일한 수퇘지였으니 새끼들이 누구 핏줄인지는 쉽게 짐작할 만했다. 나폴레옹은 존스의 집 뜰에 교실을 짓겠다는 계획을 발표했다. 그동안 어린 돼지들은 나폴레옹이 직접 존스의 집 부엌에서 가르쳤다. 이 돼지들은 뜰에서 운동을 하긴 했지만 다른 동물의 새끼들과는 잘 어울리지 않았다. 이 무렵에는 돼지와 밖에서 마주치면 다른 동물들이 반드시 옆으로 비켜서야 했다. 또한 돼지들은 모두 계급에 상관없이 일요일이면 꼬리에 초록색 리본을 매는 특권을 누릴 수 있다는 것이 규칙처럼 자리 잡았다.

농장의 올해 수확은 꽤 성공적이었지만 여전히 돈이 모자랐다. 교실을 지으려면 벽돌과 모래, 석회를 사들여야 했으며, 풍차에 들어갈 기계 장비를 사는 데 필요한 돈도 모아두어야 했다. 또한 집 안에서 쓸 등잔 기름이며 양초, 나폴레옹의 밥상에 올라갈 설탕에다가 공구며 못, 끈, 석탄, 철사, 철판 조각 그리고 개가 먹을 비스킷 등 일상 물품들도 필요했다. 나폴레옹은 살이 찐다는 이유로 다른 돼지들에게는 설탕에 손도 대지 못하게 했다. 남은 건초와 수확한 감자의 일부를 팔아치웠고 달걀은 매주 육백 개로 개수를 늘려 판매하기로 계약했다. 따라서 올해도 암탉들은 닭의 숫자를 현재 상태로 겨우 유지할 정도로만 병아리를 까야 했다. 12월에 줄어든 식량 배급량은 2월이 되자 또 줄어들었고 기름을 아끼느라 동물 우리에서는 등잔불을 켜지 못하도록 했다. 그렇지만 돼지들은 풍족하게 지내는 것처럼 보였고 다른 건 몰라도 살은 계속 찌고 있었다. 2월도 다 저물어가던 어느 날 오후, 구수하고 식욕을 돋우는 단내가 마당 건너편에 있는 조그만 양조장에서 풍겨왔다. 이 양조장은 부엌 너머에 있었는데 존스가 살던 시절 이후로는 사용하지 않았던 곳이다. 거기서 풍겨오는 냄새는 동물들이 일찍이 맡아보지 못한 것이었다. 누군가 이건 보리 삶는 냄새라고 했다. 동물들은 굶주린 배를 움켜쥐고 코를 킁킁거리며 자기들이 먹을 저녁 식사에 뜨끈하게 삶은 곡물이 들어 있을지 궁금해했다. 하지만 그날 저녁에 뜨끈한 곡물 같은 건 나오지 않았다. 다음 일요일이 되자 이제부터 보리는 모두 돼지들을 위해서 따로 저장할 것이라는 발표가 있었다. 과수원 너머에 있는 땅에 이미 보리를 심은 뒤였다. 그리고 얼마 지나지 않아 이제 모든 돼지는 매일 반 리터씩의 맥주를 배급받는다는 소식이 새어나왔다. 특별히 나폴레옹은 2리터의 맥주를 마시는데 그것도 언제나 고급 도자기 그릇을 사용한다고 했다.

하지만 동물들은 어려운 일이 많더라도 요즘 생활이 예전보다는 훨씬 품위가 있다는 사실 때문에 힘들긴 하지만 묵묵히 고생을 견뎌내고 있었다. 요즘 들어 노래와 연설 그리고 행진이 예전보다 더 늘어났다. 나폴레옹은 일주일에 한 번 이른바 '자발적 시위'라는 행사를 열라고 명령했다. 이는 동물 농장의 투쟁과 승리를 축하하는 행사였다. 정해진 시간이 되면 동물들은 하던 일을 멈추고 군대식으로 행렬을 갖춰 농장 안을 한 바퀴 행진했다. 돼지들이 선두에 서고 그다음은 말과 암소, 양, 닭, 거위의 순이었으며 개들이 행렬의 양 옆을 지켰다. 이 모든 행렬을 이끌며 맨 앞에 서는 건 다름 아닌 나폴레옹의 검은 수탉이었다. 복서와 클로버는 항상 둘 사이에 초록색 깃발을 들고 행진했는데, 깃발에는 발굽과 뿔 그림과 함께 '나폴레옹 동무 만세!'라는 글이 쓰여 있었다. 행진이 끝나면 나폴레옹을 기리며 만든 시를 낭송했고, 연설에 나선 스퀼러는 최근 식량 생산이 늘어났다는 상세한 설명을 늘어놓았다. 그리고 이따금 총도 쏘았다. 이 자발적 시위에 가장 헌신적인 동물은 바로 양들이었다. 간혹 누군가가 돼지나 개가 없을 때 "추운 날씨에 뭐 하러 시간 낭비하며 이렇게 서 있는지 모르겠다"고 불평이라도 할라치면 양들은 어마어마하게 큰 소리로 "네 다리는 좋다, 두 다리는 나쁘다"를 외치며 그들의 입을 확실하게 틀어막곤 했다. 하지만 대체로 동물들은 이런 축하 행사를 좋아했다. 동물들이 하는 일은 결국 자신들을 위한 것이며, 농장의 진정한 주인은 자신들이라는 사실을 되새기며 위안을 삼았다. 또한 노래와 행진, 스퀼러가 늘어놓는 숫자들, 벼락같은 총소리, 수탉이 내지르는 소리 그리고 펄럭이는 깃발을 통해 잠시나마 뱃속이 텅 비었다는 사실도 잊을 수 있었다.

4월이 되자 동물 농장은 공화정 체제를 선포했다. 따라서 대통령을 선출해야 했다. 대통령 입후보자는 나폴레옹이 유일했는데 만장일치로 선출되었다. 같은 날에는 스노볼이 존스와 공모한 내용을 더 자세히 폭로하는 문서를 새롭게 찾아냈다는 소식이 알려졌다. 스노볼은 동물들이 예전에 기억하던 것처럼 책략을 써서 단순하게 외양간 전투를 패전으로 이끌려고만 했던 것이 아니라 아예 대놓고 존스 편에 서서 싸웠다는 사실이 이제 다 밝혀졌다. 인간들을 실제로 이끈 지도자가 바로 스노볼이었으며 "인간 만세"라고 외치면서 돌격해 들어갔다고 했다. 몇몇 동물이 아직도 기억하는 스노볼의 등에 입은 상처는 사실 나폴레옹이 물어뜯어 생긴 것이라고 했다.

여름이 절정에 다다르자 갈까마귀 모제스가 다시 농장에 나타났다. 모습을 감춘 지 몇 년 만이었다. 모제스는 조금도 달라진 곳이 없고 여전히 일도 하지 않았다. 그리고 그 설탕과자 산에 대한 이야기를 똑같은 가락으로 늘어놓았다. 모제스는 나무 그루터기에 앉아 검은색 날개를 퍼덕이며 누구든 들어주는 이만 있으면 몇 시간이고 계속 떠들어댔다. 그는 커다란 부리로 하늘 쪽을 가리키며 무게를 잡고 말했다.

"동무들, 저기 위쪽으로 가면 말이야. 저기, 그러니까 지금 보이는 저 먹구름 저편에 설탕과자 산이 있어. 우리 같은 불쌍한 동물들이 영원히 노동에서 해방되어 행복하게 지낼 수 있는 곳이라고!"

모제스는 자신이 한 번인가 높이 날아올랐을 때 그곳에 간 적이 있다고 했다. 거기서 토끼풀이 영원히 죽지 않고 자라는 들판이며 각설탕과 시드 케이크가 자라는 울타리도 보았다고 주장했다. 많은 동물이 모제스의 말을 믿었다. 생각해보면 지금의 삶은 고단하고 배 고픈 날들의 연속이었다. 어딘가 다른 곳에 더 나은 세상이 있다는 말이 맞지 않겠는가? 도무지 이해할 수 없는 건 모제스에 대한 돼지들의 태도였다. 돼지들은 하나같이 입을 모아 설탕과자 산이니 하는 이야기는 새빨간 거짓말이라고 잘라 말했다. 그런데도 아무 일도 하지 않는 모제스를 농장에서 지내도록 해주었으며, 매일 작은 잔으로 한 잔씩 맥주도 주었다.

발굽이 다 나은 복서는 예전보다 더 열심히 일했다. 사실 올해는 모든 동물이 노예처럼 일한 것이나 다름없었다. 원래 하던 농장 일 말고도 풍차를 다시 세워야 했고 3월부터는 어린 돼지들을 위해 교실까지 새로 지어야 했다. 식량 배급마저 모자라 잘 먹지도 못하면서 오랜 시간 일해야 한다는 것이 때로는 버거웠으나 복서는 결코 멈추지 않았다. 복서가 하는 말이나 행동 어디에서도 그의 힘이 예전만 못하다는 징조는 보이지 않았다. 다만 겉모습이 조금 달라졌을 뿐이다. 그의 피부는 예전에 그 보기 좋던 윤기가 사라지고 거대하던 엉덩이 살도 줄어든 것 같았다.

"봄에 새 풀이 돋아나면 복서도 다시 살이 붙겠지."

다른 동물들이 이렇게 말했지만 봄이 와도 복서의 모습은 달라지지 않았다. 때로는 채석장 꼭대기로 이어지는 비탈길에서 복서가 거대한 바위 무게와 맞서 자신의 근육으로 버티고 있을 때면 일을 계속하겠다는 의지 말고는 그의 다리를 지탱해주는 건 아무것도 없는 듯했다. 그럴 때면 복서의 입술은 이렇게 말하는 듯했다.

"내가 좀 더 일하겠어!"

하지만 그 말이 입 밖으로 나오지는 못했다. 또다시 클로버와 벤저민이 복서에게 건강에 주의하라고 충고했지만 그는 들은 척도 하지 않았다. 이제 곧 복서의 열두 번째 생일이 다가오고 있었다. 복서는 자신이 은퇴하기 전까지 돌을 더 많이 끌어 모을 수 있다면 무슨 일이 일어나도 개의치 않는 듯했다.

어느 여름 늦은 저녁, 혼자서 돌무더기가 실린 짐수레를 끌고 풍차 쪽으로 갔던 복서에게 무슨 일이 생겼다는 소문이 농장에 퍼졌다. 이 소문은 곧 사실로 확인되었다. 얼마 지나지 않아 비둘기 두 마리가 갑작스러운 소식을 전하러 날아왔다.

"복서가 쓰러졌어요! 옆으로 넘어져서 일어나질 못해요!"

농장의 동물들 절반 정도가 풍차를 세우고 있는 언덕까지 내달렸다. 복서는 짐수레의 바퀴 축 사이에 목을 길게 내밀고 누워 있었는데 머리도 들어 올리지 못했다. 그의 두 눈은 풀렸고 옆구리는 땀으로 흠뻑 젖어 있었다. 입에서는 가느다란 핏줄기가 흘러나왔다. 클로버가 복서 옆에 무릎을 꿇고 앉았다.

클로버는 고함을 치듯 말했다.

"복서! 괜찮은 거예요?"

복서가 힘없는 목소리로 대답했다.

"허파가 잘못된 것 같아요. 하지만 괜찮아요. 내가 없어도 동지들이 풍차를 완성할 수 있을 거예요. 돌이 꽤 많이 모였어요. 어쨌든 내게 남은 시간은 고작 한 달 남짓이었으니까요. 솔직히 말하면 나도 은퇴할 날을 고대하고 있었거든요. 어쩌면 벤저민도 늙었으니 나랑 같이 은퇴하게 해주면 적적하지 않게 지낼 수 있을 거예요."

클로버가 말했다.

"빨리 조치를 해야 해요. 누구든 스퀼러한테 가서 이 일을 알려줘요."

동물들은 스퀼러에게 소식을 전하려고 곧장 농장 쪽으로 달려갔다. 클로버와 벤저민만이 남았다. 벤저민은 복서 옆에 앉아 아무 말도 없이 긴 꼬리로 파리를 쫓아주고 있었다. 십오 분가량 지났을까, 동정과 수심이 가득한 표정으로 스퀼러가 나타났다. 스퀼러는 나폴레옹 동무가 농장에서 가장 충성스러운 일꾼인 복서에게 일어난 불운한 소식을 전해 듣고 크게 비통해하셨다고 했다. 그리고 복서가 윌링던에 있는 병원에서 치료를

받도록 이미 일을 처리해놓으셨다고 덧붙였다. 동물들은 그 말을 듣자 약간 불안해졌다. 몰리와 스노볼을 빼고는 농장을 떠나본 동물이 지금까지 하나도 없었고 자신들의 병든 동지를 인간의 손에 맡긴다는 것이 영 마음에 들지 않았다. 그렇지만 스퀄러는 윌링던의 수의사라면 복서의 병을 농장에서보다 더 만족스럽게 치료할 수 있을 거라며 동물들을 설득했다. 반 시간쯤 지나자 복서는 어느 정도 기운을 회복했다. 제대로 걷기가 힘들었지만 어쨌든 절룩거리는 발을 끌고 자신의 우리로 돌아갈 수 있었다. 클로버와 벤저민은 그런 복서를 위해 편안한 잠자리를 마련해주었다.

이틀 동안 복서는 우리에서 쉬었다. 돼지들은 존스의 집 안 욕실에 있던 약장에서 커다란 분홍빛 약병을 찾아내 복서에게 보냈다. 클로버는 하루에 두 차례 밥을 먹고 나서 복서에게 그 약을 먹였다. 또한 저녁에는 복서 옆에 누워서 말동무가 되어주었다. 그 옆에서 벤저민은 쉬지 않고 꼬리를 휘둘러 파리를 쫓아주었다. 복서는 자신에게 이런 일이 벌어진 게 원망스럽지 않다고 조용히 말했다. 그는 별 탈 없이 잘 회복된다면 아마 삼 년은 더 살 수 있을 테고 그러면 커다란 목초지 한구석에서 고대하던 평화스러운 나날을 보낼 수 있으리라 생각했다. 그는 난생처음으로 공부도 하고 정신 수양도 하며 여유롭게 시간을 보낼 수 있을 터였다. 복서는 자신의 남은 일생을 알파벳의 나머지 스물두 자를 익히는 데 바치고 싶다고 말하기도 했다.

벤저민이나 클로버는 작업 시간이 다 끝난 뒤에만 복서 곁에 함께 있을 수 있었다. 그날 오후가 되자 커다란 짐마차가 복서를 데려가려고 농장에 도착했다. 다른 동물들은 모두 돼지들의 감독을 받으며 순무 밭에서 잡초 뽑는 일을 하고 있었다. 그때 농장 건물 쪽에서 벤저민이 목청껏 소리치며 달려오는 모습을 보고 깜짝 놀라고 말았다. 벤저민이 그토록 흥분한 모습도 처음 보았고, 그렇게 달려오는 모습을 그전까지 한 번도 본 적이 없었기 때문이다.

벤저민이 소리쳤다.

"빨리 와! 빨리! 인간들이 복서를 데려가고 있어!"

돼지들의 명령을 기다릴 것도 없이 동물들은 하던 일을 걷어치우고는 농장 건물이 있는 쪽으로 달려갔다. 과연 마당에는 말 두 마리가 끄는, 지붕과 문이 달린 짐마차가 서 있었다. 마차 옆면에는 뭐라고 글씨가 쓰여 있었으며, 마부 자리에는 납작한 중산모를 쓴 교활해 보이는 사내가 앉아 있었다. 복서의 우리는 이미 비어 있었다.

동물들이 짐마차 주위로 몰려들었다. 그들은 입을 모아 이렇게 외쳤다.

"잘 가요, 복서! 잘 가요!"

벤저민은 조그만 발굽으로 땅을 구르며 동물들 주위를 껑충

껑충 뛰어다니면서 이렇게 소리를 질렀다.

"바보 멍청이들아! 이런 멍청이들 같으니! 짐마차에 뭐라고 쓰여 있는지 보이지도 않아?"

그 말에 동물들은 모두 조용해졌다. 뮤리엘이 한 글자씩 더듬더듬 읽기 시작했다. 벤저민은 그런 뮤리엘을 옆으로 밀치고는 숨이 막힐 듯한 침묵 속에서 글씨들을 읽어 내려갔다.

"'윌링던 앨프리드 시먼스 말 도살과 아교 제조업체. 말가죽과 골분, 개 사료 취급.' 저게 무슨 말인지 모르겠어? 복서를 도살장으로 끌고 가는 거야!"

동물들은 공포의 비명을 내질렀다. 그 순간 마부 자리에 앉아 있던 사내가 말들에게 채찍을 휘둘렀고 마차는 경쾌한 속도로 마당을 벗어나기 시작했다. 동물들은 목청껏 소리를 지르며 그 뒤를 따라갔다. 클로버가 가장 먼저 앞장섰다. 마차가 더욱 속력을 내기 시작했다. 클로버도 육중한 체구에 힘을 실어 좀 더 빨리 달려가기 시작했다.

"복서!"

클로버가 울부짖었다.

"복서! 복서! 복서!"

바로 그때 마치 바깥의 소란을 들은 것처럼 코에 흰 줄무늬가 있는 복서의 얼굴이 마차 뒷벽의 작은 창문으로 보였다.

클로버는 엄청나게 큰 소리로 울부짖었다.

"복서! 복서! 밖으로 뛰쳐나와요! 빨리 도망쳐요! 인간들이 당신을 데려가 죽이려고 해요!"

동물들은 다 같이 "복서 도망쳐, 어서 도망쳐!"라고 외쳐댔다. 그렇지만 짐마차는 더욱 속력을 내서 동물들을 멀찌감치 떨어뜨리기 시작했다. 복서가 클로버의 말을 제대로 알아들었는지는 확실하지 않았다. 그런데 잠시 뒤 창문에서 복서의 얼굴이 사라지고 나자 마차 안에서 어마어마하게 크게 발을 구르는 소리가 들려왔다. 복서가 빠져나오려고 발을 구르고 있었다. 복서의 발길질 몇 번이면 짐마차의 벽 따위는 성냥갑처럼 부서뜨릴 수 있던 시절도 있었다. 하지만 아아 이렇게 슬플 수가! 이제 복서에게는 예전과 같은 힘이 없었다. 말발굽 소리마저 몇 번 들리다 곧 희미해져 더는 들리지 않았다. 절망에 빠진 동물들은 이번에는 마차를 끌고 있는 말 두 마리에게 멈춰달라고 호소하기 시작했다. 동물들이 소리쳤다.

"동무들, 동무들! 형제를 끌고 가 죽이는 일을 멈춰주세요!"

그렇지만 이 미련한 동물들은 너무 어리석어 무슨 일이 벌어지는지조차 알지 못했기에 그저 귀만 쫑긋거리더니 걸음을 더 재촉할 뿐이었다. 복서의 얼굴은 다시는 창문에 나타나지 않았다. 뒤늦게야 누군가 마차보다 앞서 달려가 농장 문을 닫으려 했지만 마차는 순식간에 문을 빠져나가더니 곧바로 큰길로 모습을 감춰버리고 말았다. 복서의 모습도 더는 볼 수 없었다.

그로부터 사흘이 지난 뒤 복서는 말이 받을 수 있는 치료란 치료는 다 받았지만 결국 윌링던에 있는 병원에서 세상을 떠났다는 소식이 전해졌다. 스퀼러는 이 소식을 다른 동물들에게 전하면서 자신이 복서의 마지막 순간을 지켰다고 했다. 그는 앞발을 들어 눈물을 훔치면서 말했다.

"내가 지금까지 보았던 모습 가운데 가장 감동적이었습니다! 나는 마지막 순간까지 복서 곁에 있었어요. 복서는 기운이 없어 거의 말을 할 수 없는 지경이었지만 내 귀에 대고 '유일한 슬픔은 풍차가 완성되기 전에 죽는 것'이라고 속삭였지요. 그는 '동무들, 전진 앞으로!'라고 말했어요. '혁명의 이름으로 전진하자. 동물 농장 만세! 나폴레옹 동무 만세! 나폴레옹 동무는 언제나 옳다!' 동무들, 이것이 복서가 남긴 마지막 말이었습니다."

여기서 스퀼러의 태도가 갑자기 돌변했다. 스퀼러는 잠시 말을 멈추고 다시 입을 열기 전에 그 작은 눈으로 구석구석 의심에 찬 눈길을 보냈다.

그러더니 다시 입을 열었다. 복서를 옮길 때 어리석고도 고약한 소문이 돌았다는 이야기를 들었다는 것이다. 스퀼러는 어떤 동물들이 복서를 싣고 간 짐마차에 '말 도축업자'라고 쓰인 걸 보고는 복서를 죽이려고 데려간다며 성급하게 결론을 내렸는데 이렇게 어리석은 동물들이 있다는 사실이 도무지 믿기지 않는다고 했다. 스퀼러는 몹시 화가 난다는 듯 꼬리를 이리저리 흔들면서 존경하고 사랑하는 지도자 나폴레옹 동무를 그 정도밖에 신뢰하지 못하느냐고 소리를 질렀다. 하지만 스퀼러의 설명은 너무나 간단했다. 짐마차의 전 주인이 바로 도축업자였고 그걸 사들인 수의사가 미처 그 옛날 이름을 지우지 못했다고 했다. 오해가 생긴 건 바로 그 때문이라는 것이었다.

이 말을 들은 동물들은 크게 안심했다. 스퀼러는 계속해서 복서가 마지막까지 얼마나 정성 어린 보살핌을 받았는지, 나폴레옹이 가격에 상관없이 얼마나 비싼 약을 주문했는지 그림이라도 그려 보이듯 자세하게 설명했다. 그러자 동물들의 마음속에 마지막으로 남아 있던 한 조각 의심마저 사라졌다. 또한 적어도 복서가 행복하게 죽음을 맞았다는 생각에 동물들은 동지가 죽었다는 소식을 듣고 느꼈던 슬픔을 적지 않게 누그러뜨릴 수 있었다.

다음 일요일 아침 회합에는 나폴레옹이 직접 모습을 드러내 짤막하게 복서를 기리는 추모 연설을 했다. 나폴레옹은 가엾은 동무의 시신을 다시 가져와 농장에 묻어줄 수는 없지만, 농장 정원에 있는 월계수로 커다란 화환을 만들어 복서의 무덤에 바치라는 지시를 내렸다고 말했다. 그리고 며칠 뒤에 돼지들이 복서를 기리는 추모 연회를 열 예정이라고도 했다. 나폴레옹은 복서가 좋아하던 두 가지 좌우명 "내가 좀 더 일하겠다"와 "나폴레옹 동무는 언제나 옳다"를 상기시키면서 모든 동물이 이 좌우명을 자신의 것으로 삼으면 좋겠다는 말로 추모 연설을 마무리했다.

연회를 열겠다고 한 날이 되자 윌링던에서 식료품 가게 마차가 들어오더니 커다란 나무 상자 하나를 존스의 집으로 가져갔다. 그날 밤에는 떠들썩한 노랫소리와 뒤이어 심하게 다투는 듯한 소리가 들리더니 열한 시가 다 되어 유리가 와장창 깨지는 소리와 함께 마무리되었다. 다음 날 정오가 될 때까지도 존스의 집 안은 쥐 죽은 듯이 고요했다. 그리고 돼지들 사이에서 어디에선가 위스키 한 상자를 사올 돈이 생겼다는 이야기가 나돌았다.

10

세월은 쏜살같이 흘러갔다. 계절이 왔다 가고 짧은 동물들의 삶도 그렇게 흘러갔다. 반란 이전의 옛날 일을 기억하는 동물은 이제 클로버와 벤저민, 갈까마귀 모제스 그리고 돼지 몇 마리 말고는 아무도 남아 있지 않았다.

뮤리엘은 죽었다. 블루벨과 제시, 핀처도 죽었다. 존스도 이 지방의 다른 마을에 있는 알코올 중독자 수용소에서 죽었다. 스노볼은 아무도 기억하지 못했고 복서도 그를 알고 있던 몇몇을 빼고는 기억하지 못했다. 클로버는 이제 늙어버린 덩치 큰 암말이었다. 관절이 굳고 눈은 침침했다. 클로버는 은퇴할 나이가 이 년이나 지났지만 실제로 은퇴한 동물은 하나도 없었다. 은퇴하는 동물들을 위해 목초지 한 귀퉁이를 떼어놓겠다는 계획은 이미 없어진 지 오래였다. 나폴레옹은 몸무게가 백오십 킬로그램이 훌쩍 넘는 원숙한 수퇘지가 되었다. 스퀼러는 얼마나 살이 뒤룩뒤룩 쪘는지 눈도 제대로 뜨지 못했다. 오직 늙은 벤저민만이 예전과 거의 같은 모습으로 그저 콧잔등만 좀 더 희어졌을 뿐이다. 복서가 죽고 나서 벤저민은 예전보다 훨씬 더 침울해지고 말이 없어졌다.

동물 농장의 식구들은 기대했던 것만큼은 아니지만 이제 그 숫자가 적지 않았다. 이곳에서 태어난 많은 동물에게 반란이란 그저 입에서 입으로 전해지는 희미한 옛 이야기에 지나지 않았다. 다른 곳에서 사온 동물들은 농장에 오기 전 있었던 일들에 대해서는 아예 들어보지도 못했다. 이제 농장에는 클로버 말고도 말이 세 마리 더 있었다. 몸이 늘씬하고 멋지며 일도 잘하는 좋은 동무들이었지만 머리가 아주 나빴다. 세 마리 다 알파벳을 두 글자 이상 외우지 못한다는 걸 금방 알게 되었다. 이 말들은 반란과 동물주의 원칙을 듣는 대로 다 받아들였다. 특히 클로버를 어머니처럼 공경하고 그의 말을 잘 들었다. 그렇지만 들은 이야기를 얼마나 이해하는지는 자못 의심스러웠다.

농장은 이제 크게 번창했고 체계도 잘 잡혀 있었다. 심지어 필킹턴 씨에게 땅을 두 필지나 사들여 농장을 더 넓히기도 했다. 풍차도 마침내 성공적으로 완성되었고 탈곡기와 건초 나르는 기계까지 갖췄다. 그리고 새 건물도 여러 채 세웠다. 윔퍼도 자가용 이륜마차를 장만했다. 하지만 풍차는 결국 전기를 만들어내는 데 사용되지 않았다. 그 대신 제분용으로 사용되어 짭짤한 수익을 올렸다. 동물들은 풍차를 하나 더 세우기 위해 열심히 일했다. 이번 풍차가 완성되면 발전 설비를 갖추게 될 거라는 이야기가 나돌았다. 그렇지만 언젠가 스노볼이 동물들에게 꿈꾸도록 가르쳤던 넉넉한 생활, 우리마다 전등을 밝힐 수 있고 뜨거운 물과 찬물을 마음대로 쓸 수 있고 일주일에 사흘만 일해도 되는 생활에 대해서는 아무도 이야기하지 않았다. 나폴레옹은 그러한 발상이 동물주의 정신에 위배된다며 대놓고 비난했다. 그는 최고의 행복이란 열심히 일하고 검소하게 사는 데 있다고 말했다.

어찌 된 셈인지 농장은 더욱 부유해지는데 정작 동물들은 그런 생활을 누리지 못했다. 물론 돼지와 개들은 빼고 말이다. 어쩌면 상황이 이렇게 된 건 농장에 너무 많은 돼지와 개가 있어서가 아닐까. 그들도 일하지 않는 건 아니었다. 그들도 자신들만의 방식대로 일했다. 스퀼러가 지치지도 않고 늘 강조하듯이 농장을 관리하고 꾸려나가는 끝없는 일이 바로 그들의 몫이었다. 이런 일들의 대부분은 다른 동물들에게는 너무 어려워 이해하지 못하는 것이었다. 예를 들어 스퀼러는 동물들에게 돼지들은 '서류철', '보고서', '회의록', '비망록'이라 부르는 비밀스러운 일들을 하는 데 매일같이 엄청난 노동력을 쏟아붓고 있다고 했다. 그것들은 결국 커다란 종이에 글씨가 잔뜩 쓰인 것으로 종이가 꽉 차고 나면 벽난로에서 불태워버렸다. 이것이야말로 농장의 안녕을 위해 가장 중요한 일이라는 게 스퀼러의 설명이었다. 그렇지만 어쨌든 돼지도 개도 직접 노동을 해서 식량을 생산하진 않았다. 그리고 그 수는 너무 많았고 식욕도 언제나 왕성했다.

다른 동물들에게 삶이란 적어도 자신들이 아는 한 늘 예전과 다를 바가 없었다. 그들은 늘 굶주렸고 짚더미 위에서 잤으며 웅덩이에서 물을 마셨고 들에 나가 일했다. 겨울이면 추위가, 여름이면 파리 떼가 동물들을 괴롭혔다. 이따금 그들 가운데 늙은 동물들이 희미해진 기억을 간신히 더듬어 존스가 쫓겨난 지 얼마 지나지 않았던 반란 초창기의 생활이 어떠했는지 지금과 비교해보려고 애쓰기도 했다. 하지만 아무것도 기억해낼 수가 없었다. 동물들에게는 지금의 삶과 비교해볼 만한 게 아무것도 없었다. 그들은 스퀼러가 들이미는 숫자들을 기준으로 삼을 수밖에 없었다. 그걸 보면 확실히 모든 게 점점 더 나아지고 있기는 했다. 동물들은 이제 이 문제를 해결할 수 없다는 걸 알았다. 어쨌든 간에 이제는 이런 문제를 곰곰이 생각할 만한 여유도 없었다. 오직 늙은 벤저민만이 자신은 기나긴 일생의 사건들을 다 기억하고 있으며, 모든 것이 훨씬 더 나아지거나 나빠지는 일 없이 늘 그저 그랬을 뿐이라고 거리낌 없이 말하곤 했다. 굶주림과 고된 노동 그리고 실망은 삶의 변하지 않는 법칙이라는 게 벤저민의 말이었다.

그렇지만 동물들은 절대 희망을 버리지 않았다. 더욱이 단 한 순간도 동물 농장의 일원이라는 명예와 특권의식을 잊은 적이 없었다. 동물 농장은 여전히 영국 전역에서 동물들이 소유하고 운영하는 유일한 농장이었다. 심지어 가장 어린 동물이나 몇십 킬로미터 밖에서 사들인 새 식구들까지도 이런 점에는 놀라고 감탄했다. 그리고 축포 소리를 듣거나 깃대 꼭대기 위에서 펄럭거리는 동물 농장의 초록색 깃발을 볼 때면 동물들의 가슴은 영원히 사라지지 않을 자긍심으로 부풀어 올랐다. 그러고 나면 늘 이야기의 화제는 존스를 쫓아내고 동물 칠 계명을 만들고 인간 침입자들을 몰아낸 위대한 전투가 있었던 영웅적 시대로 이어졌다. 옛날에 품었던 꿈은 하나도 버려진 것이 없었다. 동물들은 메이저 영감이 예언했던 동물들의 공화국이며, 인간의 발자국으로 더럽혀지지 않은 영국의 푸른 들판을 아직도 믿고 있었다. 언젠가는 반드시 그날이 오리라. 그날이 언제일지는 모른다. 어쩌면 지금 살아 있는 동물들은 살아생전에 그날을 보지 못할지도 모르리라. 그래도 그날은 반드시 오고야 말 것이다. 심지어는 아무도 모르게 여기저기서 〈영국의 동물들〉을 흥얼거리기도 했다. 어쨌든 농장의 모든 동물이 그 노래를 알고 있는 것은 분명했다. 비록 누구도 대놓고 크게 부르지는 못한다고 해도 말이다. 생활은 고되고 마음속에 품었던 희망이 다 이루어지지는 않았지만 동물들은 자신들이 다른 동물들과는 다르다는 사실을 의식하고 있었다. 비록 굶주리더라도 그것은 포악한 인간들을 먹여 살리느라 그런 게 아니었다. 아무리 힘들게 일한다 한들 그건 최소한 자신들을 위한 것이었다. 어떤 동물도 두 발로 걷지 않았다. 다른 동물에게 '주인님'이라고 부르는 일도 없었다. 동물들은 모두 평등했다.

초여름 어느 날 스퀼러가 양들에게 자기를 따라오라고 명령하더니 그들을 이끌고 농장 끄트머리에 있는 묵혀둔 땅으로 데려갔다. 거기에는 아직 덜 자란 자작나무가 무성했다. 양들은 온종일 그곳에서 스퀼러의 감독을 받으며 나뭇잎을 뜯어먹었다. 저녁이 되자 스퀼러는 양들에게 날씨가 따뜻하니 그 자리에 있으라 말하곤 혼자 돌아왔다. 양들은 그곳에서 꼬박 일주일을 머물렀다. 그동안 다른 동물들은 양들의 코빼기도 보지 못했다. 스퀼러는 매일 대부분의 시간을 양들과 함께 보냈다. 그는 양들에게 새로운 노래를 가르치고 있으며, 비밀로 해야 할 필요가 있다고 설명했다.

양들이 제자리로 돌아온 지 얼마 지나지 않은 때였다. 어느 상쾌한 저녁, 동물들이 하루 일을 끝마치고 농장 건물로 돌아오는데 마당에서 말이 내지르는 무시무시한 울음소리가 들려왔다. 동물들은 깜짝 놀라 가던 길을 멈췄다. 바로 클로버였다. 클로버의 울음소리가 다시 들리자 동물들은 마당으로 우르르 몰려갔다. 그리고 클로버가 무엇을 보고 놀랐는지 눈으로 확인할 수 있었다.

돼지 한 마리가 뒷다리로 서서 걷고 있었다.

그 돼지는 다름 아닌 스퀼러였다. 크고 뚱뚱한 몸뚱이를 두 발로 지탱하기가 아직 익숙하지 않은 듯 조금 서툴러 보였지만, 어쨌든 완벽하게 균형을 잡으면서 마당을 가로질러 걸어가고 있었다. 그리고 잠시 뒤에 존스 집 문이 열리더니 돼지들의 긴 행렬이 모습을 드러냈는데, 모두 뒷다리로 걷고 있었다. 어떤 돼지들은 다른 돼지들보다 잘 걸었고, 한두 마리 정도는 불안정해서 지팡이가 필요해 보였다. 하지만 모든 돼지가 성공적으로 마당을 한 바퀴 돌 수 있었다. 그리고 마침내 개들이 어마어마한 소리로 짖어대고 검은 수탉이 날카롭게 꼬꼬댁 하고 울더니 나폴레옹이 모습을 드러냈다. 나폴레옹은 당당하게 똑바로 서서 거만한 표정으로 동물들을 훑어보았다. 그 주위로 개들이 이리저리 뛰어다녔다.

나폴레옹은 앞발에 채찍을 들고 있었다.

사방이 쥐죽은 듯 조용해졌다. 놀라고 겁에 질린 동물들은 한 줄로 늘어선 돼지들이 느릿느릿 마당을 한 바퀴 도는 모습을 지켜보았다. 마치 세상이 거꾸로 뒤집힌 듯했다. 그러다가 처음의 충격이 차차 가라앉자 동물들은 개들에 대한 두려움에도, 오랜 세월 무슨 일이 벌어져도 절대 불평하거나 비판하지 않는 습관이 몸에 배었음에도 이번에는 항의를 쏟아내야 할 것 같았다. 그렇지만 바로 그 순간을 기다리기라도 한 듯 양들이 무시무시한 소리로 이렇게 외쳐댔다.

“네 다리는 좋다, 두 다리는 더 좋다! 네 다리는 좋다, 두 다리는 더 좋다! 네 다리는 좋다, 두 다리는 더 좋다!”

양들의 외침은 오 분이 넘도록 쉬지 않고 계속되었다. 마침내 양들은 조용해졌지만 돼지들은 이미 행진을 마치고 집 안으로 들어간 뒤여서 항의할 기회도 사라져버렸다.

벤저민은 누군가가 자신의 어깨에 코를 비비는 것을 느꼈다. 돌아보니 클로버였다. 클로버의 눈동자는 예전보다 더 흐려진 듯했다. 클로버는 아무런 말도 하지 않고 벤저민의 갈기를 부드럽게 잡아끌더니 동물 칠 계명이 적힌 큰 헛간 끝으로 데려갔다. 몇 분간 둘은 검은색 벽 위에 적힌 흰 글자들을 가만히 바라보며 서 있었다.

마침내 클로버가 입을 열었다.

“내 눈이 점점 나빠져서요. 사실 젊었을 때도 저기 적힌 글자들을 제대로 읽지 못했지요. 하지만 내가 보기에는 저 벽이 많이 달라진 것 같아요. 벤저민, 동물 칠 계명이 예전에 적힌 그대로인가요?”

처음이자 마지막으로 벤저민은 자신만의 규칙을 깨뜨리기로 했다. 그는 벽에 적힌 글자들을 클로버에게 읽어주었다. 이제는 거기에 단 하나의 계명만이 적혀 있었다.

모든 동물은 평등하다.

그렇지만 어떤 동물들은 다른 동물들보다 더 평등하다.

그날 이후로 동물들은 농장 일을 감독하는 돼지들이 앞발에 채찍을 들고 있어도 조금도 이상하게 보지 않았다. 돼지들이 라디오를 사들이고 전화를 설치하고 〈존 불(John Bull)〉이니 〈팃비츠(Tit-Bits)〉 같은 잡지며 〈데일리 미러(Daily Mirror)〉 같은 신문을 정기 구독해도 이상하게 보지 않았다. 나폴레옹이 입에 담배 파이프를 물고 농장 정원을 어슬렁거리는 것도 이상하게 보지 않았다. 심지어 돼지들이 존스 씨의 옷을 옷장에서 꺼내 입고, 나폴레옹 자신은 검은색 외투에다 사냥용 바지와 가죽 각반까지 갖춰 입고, 나폴레옹의 애인쯤 되는 암퇘지가 존스 부인이 일요일마다 입던 물결무늬 비단 드레스까지 걸치고 돌아다녀도 조금도 이상하게 보지 않았다.

일주일쯤 지난 어느 날 오후, 이륜마차 몇 대가 농장으로 찾아왔다. 이웃한 농장의 대표들이 나폴레옹의 초청을 받아 농장을 방문한 것이다. 인간들은 농장 전체를 돌아보며 풍차를 비롯해서 눈으로 확인한 모든 것에 크게 감탄했다. 동물들은 순무 밭에서 풀 뽑는 작업을 하고 있었다. 그들은 땅에서 고개도 거의 드는 일 없이 부지런히 일했다. 돼지와 인간 방문객들 가운데 누가 더 무서운지 알 수가 없었다.

그날 저녁 존스의 집에서는 너털웃음 소리와 노랫소리가 터져 나왔다. 갑자기 여러 소리가 뒤섞여 들려오자 동물들은 호기심이 생겼다. 처음으로 동물과 인간이 동등한 자격으로 만났는데 과연 저곳에서는 어떤 일이 벌어지고 있을까 궁금했다. 동물들은 모두 한 덩어리가 되어 집 정원으로 아무도 모르게 살금살금 다가가기 시작했다.

문가에 이르자 동물들은 집 안으로 들어가기가 겁이 나서 머뭇거렸다. 그러자 클로버가 먼저 들어갔다. 이어서 다른 동물들도 발끝으로 조심스럽게 걸어 들어갔다. 키가 큰 동물들은 식당 창문으로 안쪽을 훔쳐보았다. 식당에 놓인 긴 식탁 주위로 농부 대여섯 명과 지위가 높은 돼지 대여섯 마리가 앉아 있었고 나폴레옹은 식탁 끄트머리 상석을 차지하고 있었다. 의자에 앉은 돼지들의 모습은 아주 편안해 보였다. 인간과 돼지들은 흥겹게 카드놀이를 하고 있었다. 그러다 지금은 잠깐 멈췄는데, 잔을 들고 건배를 하려는 것 같았다. 큰 술 단지가 한 바퀴 돌았고 각자의 술잔에 맥주가 채워졌다. 창밖에서 바라보는 동물들의 모습에 신경 쓰는 자는 아무도 없었다.

폭스우드 농장의 필킹턴 씨가 잔을 손에 들고 자리에서 일어섰다. 그는 여기 모인 일동에게 건배를 제의하고 싶지만, 그러기 전에 몇 마디 꼭 해야 할 이야기가 있다고 말했다. 그 이야기는 이러했다.

자신뿐 아니라 여기 모인 참석자 모두가 마침내 오랜 불신과 오해를 끝냈다는 사실에 크게 만족스러울 것이라 확신한다. 자신이나 여기 모인 사람들은 그러지 않았지만, 인간들이 이 농장에 특별한 감정을 지녔던 시절이 있었다. 동물 농장의 존경하는 주인들에게 감히 적대감까지는 아니더라도 약간의 염려나 의심을 품었던 건 분명한 사실이 아니겠는가. 불행하게도 몇 가지 사고가 있었고 잘못된 생각들도 퍼져 있었다. 돼지들이 소유하고 운영하는 농장의 존재 자체가 어딘지 모르게 정상이 아니며 이웃들에게 불안한 영향을 미칠지도 모른다고 느꼈다. 많은 농부가 적절한 확인도 거치지 않은 채 그런 농장이라면 방종과 무질서가 판을 치고 있으리라고 추측했다. 또한 자기 농장의 동물들이나 심지어 인간 고용인들에게까지 어떤 영향을 미치지 않을지 두려워하기도 했다. 하지만 그런 의심은 이제 다 사라졌다. 오늘 자신과 동료들은 동물 농장을 찾아와 두 눈으로 하나도 빠뜨리지 않고 모든 것을 직접 확인했다. 그렇다면 오늘 우리가 알게 된 것은 과연 무엇인가? 최신 경영법 그리고 규율과 질서는 정말 모든 지역의 농부들이 거울로 삼을 만했다. 자신은 이 동물 농장의 하층 동물들이 이 근처 어떤 동물들보다 더 적게 먹으면서도 더 많이 일한다고 믿는다. 자신과 동료들은 오늘 이곳에서 자신들이 운영하는 농장에 당장이라도 도입하고 싶은 장점을 많이 확인했다.

필킹턴 씨는 말을 마치기 전에 다시 한 번 이곳 동물 농장과 이웃들 사이에 지금 존재하고 앞으로도 존재해야 하는 우호적인 감정을 강조하고 싶다고 했다. 돼지와 인간들은 그 어떤 이해관계의 충돌도 없으며 그럴 필요도 없다. 우리가 겪는 갈등과 어려움은 사실 공통된 것이다. 노동 문제란 어디든 똑같은 게 아닌가?

여기까지 이야기한 필킹턴 씨는 미리 준비해온 우스갯소리를 하려고 했는데, 자신이 생각하기에도 정말 웃겼는지 잠시 아무 말도 못 하고 있었다. 그는 살이 쪄서 몇 겹으로 늘어진 턱이 자줏빛으로 변한 뒤에도 한참을 컥컥거리고 나서야 겨우 말을 꺼냈다.

"여러분에게 여러분과 싸워야 하는 하층 동물들이 있는 것처럼 우리 인간에게도 우리와 싸워야 하는 하층민들이 있습니다!"

이 재치 있는 말에 식당 안은 떠나갈 듯한 웃음보가 터졌다. 필킹턴 씨는 동물 농장에서 적은 양의 식량 배급과 긴 노동시간 그리고 대체로 규율 잡힌 모습을 확인했다면서 다시 한 번 돼지들에게 축하의 말을 건넸다.

그런 다음 필킹턴 씨는 참석한 이들의 술잔이 가득 채워져 있는지 확인하고 자리에서 일어나 달라고 말했다.

필킹턴 씨는 마지막 인사말을 했다.

“신사 여러분, 신사 여러분, 이제 건배합시다. 동물 농장의 영원한 번영을 위하여!”

열광적으로 손뼉을 치고 발 구르는 소리가 터져 나왔다. 나폴레옹은 기분이 몹시 흐뭇해져 자기 자리를 떠나 식탁을 한 바퀴 돌더니 필킹턴 씨와 잔을 맞부딪친 뒤에야 술잔을 비웠다. 박수 소리가 잦아들자 나폴레옹은 자리에서 일어선 채로 자신도 몇 마디 하겠다고 이야기했다.

나폴레옹의 모든 연설이 그렇듯, 이번에도 짧지만 요령 있는 연설이었다. 나 역시 오해와 불신의 시대가 막을 내린 것을 기쁘게 생각한다. 오랫동안 어떤 소문이 떠돌았는데 이성적으로 생각해보건대 그건 악질적인 적이 퍼뜨린 게 아닐까. 그러니까 자신과 동료들의 이념에 파괴적이거나 선동적인 요소가 있어서 이웃 농장의 동물들 사이에 반란의 분위기를 퍼뜨리려 한다고 사람들이 믿어온 모양이다. 그것이야말로 새빨간 거짓말이 아닌가! 우리 돼지들의 유일한 소망은 과거나 지금이나 이웃들과 평화스럽게 일상적인 거래를 꾸려가며 사는 것이다. 나폴레옹은 자랑스럽게도 자신이 관리하는 이 농장은 일종의 협동조합과 같은 사업체라고 덧붙였다. 자신이 소유한 이 농장의 부동산 권리증은 다른 돼지들과 공동 소유라는 것이다.

나폴레옹은 이야기를 계속했다. 과거의 의혹이 아직까지 남아 있으리라고는 믿지 않는다. 그렇지만 더욱 신뢰를 증진시키기 위해 최근 농장의 일상생활에서 새로운 변화를 시도했다. 지금까지 농장의 동물들은 서로 '동무'라고 부르는 참으로 어리석은 관행을 지켜왔지만 앞으로는 금지하기로 했다. 또한 누가 시작했는지 모를 아주 기이한 관행도 있었는데 바로 일요일 아침마다 정원 기둥에 고정해둔 수퇘지의 해골 앞을 행진하는 것이었다. 이것 역시 금지하기로 하고 해골은 이미 땅에 묻어버렸다. 오늘 이곳을 찾은 손님들은 깃대 위에서 펄럭이는 초록색 깃발을 보았는지 모르겠지만 만일 그랬다면 예전에 있던 하얀색 뿔과 발굽 그림이 사라진 점을 눈치 챘을 것이다. 이제부터 그것은 아무 그림이 없는 초록색 깃발일 뿐이다.

나폴레옹은 필킹턴 씨의 연설이 훌륭하고도 우호적이었지만 한 가지 잘못된 점이 있다고도 말했다. 필킹턴 씨는 계속해서 '동물 농장'이라는 이름을 사용했는데, 그는 이 이름이 폐기되었음을 몰랐을 것이다. 나폴레옹 자신이 이제야 처음으로 밝히는 것이니 그건 당연한 일이리라. 지금부터 이 농장은 '장원 농장'으로 알려질 것이며, 그것이야말로 올바른 진짜 이름이라고 믿는다.

나폴레옹은 이렇게 말하며 연설을 마무리 지었다.

"신사 여러분, 나는 필킹턴 씨와 똑같지만 형식을 달리한 건배를 제안하겠습니다. 술잔을 가득 채우십시오. 신사 여러분, 나는 이렇게 건배하겠습니다. 장원 농장 만세!"

아까와 마찬가지로 열렬한 박수갈채가 터져 나왔고 잔도 말끔히 비워졌다. 그렇지만 창밖에서 이 모습을 지켜보고 있던 동물들은 뭔가 이상한 일이 일어나고 있음을 알았다. 돼지들의 얼굴이 변했는데 과연 무슨 일이 일어난 것인가? 클로버는 늙고 침침한 눈을 번뜩이며 이 얼굴 저 얼굴을 바라보았다. 어떤 돼지는 턱이 다섯 겹이었고, 또 어떤 돼지는 네 겹이거나 세 겹이었다. 하지만 저렇게 녹아서 변하고 있는 것처럼 보이는 건 무엇이란 말인가? 그때 박수갈채가 끝나고 일동은 각자의 카드를 집어 들고는 중단했던 카드놀이를 다시 시작했다. 동물들은 조용히 집에서 물러났다.

그렇지만 불과 이십 미터도 가기 전에 동물들은 그 자리에서 멈춰 섰다. 집 안에서 요란한 목소리가 들려왔다. 동물들은 다시 달려가 창문을 통해 들여다보았다. 아, 맹렬한 싸움이 벌어지고 있었다. 소리를 지르고 식탁을 내리치고 날카로운 의혹의 눈길을 부딪치며 서로 거칠게 아니라고 딱 잡아떼고 있었다. 싸움이 벌어진 원인은 나폴레옹과 필킹턴 씨가 동시에 스페이드 에이스 카드를 내놓았기 때문인 듯했다.

열둘이 넘는 인간과 동물이 분노에 차서 소리를 지르는데 그 목소리가 모두 똑같았다. 이제 돼지들의 얼굴에 무슨 일이 일어났는지 물어볼 필요조차 없었다. 창밖에서 지켜보던 동물들은 돼지에서 인간으로, 그리고 인간에서 돼지로, 그리고 다시 돼지에서 인간으로 시선을 돌렸다. 그렇지만 이미 누가 누군지 도무지 알아볼 수가 없었다.

1943년 11월~1944년 2월

옮긴이 우진하

삼육대학교 영어영문학과를 졸업하고, 성균관대학교 번역테솔대학원에서 번역학과 석사학위를 취득하였다. 한성디지털대학교 실용외국어학과 외래 교수로 활동하다가 현재는 출판번역에이전시 베네트랜스에서 전속 번역가로 활동 중이다. 옮긴 책으로는 《크리에이티브란 무엇인가》《18세기 오스만제국의 수도 이스탄불을 가다》《세상은 왜 존재하는가》《와일드》《인섹토피디아》《건너야 할 다리》 등이 있다.

동물 농장

1판 1쇄 발행 2015년 2월 28일

지은이 조지 오웰
옮긴이 우진하
발행인 오영진 김진갑
발행처 (주)심야책방

출판등록 2013년 1월 25일 제2013-000028호
주소 서울시 마포구 월드컵북로5가길 12 서교빌딩 2층
전화 02-332-3310 **팩스** 02-332-7741

종이 월드페이퍼(주)
인쇄·제본 현문자현(주)

값 8,900원
ISBN 979-11-95377-35-0 04840
979-11-95377-30-5 (set)